「なん、だよ……コイツ」

ファディ
「あーもう。クソだるい……」
「……前衛は俺が率います」
敗北なんて、そんな苦くて辛いものは味わわなくていい。
無様でも、騎士らしくなくとも、
俺は目の前で煌きらめく勝利だけに拘《こだわ》る。
それが専属騎士として、俺が成すべき責務というものだろう。

「なんなら二人で全滅まで狙いましょう」
「……こんなところで死ぬなんて御免だ」
フレーゲル

CONTENTS

イラスト：GreeN

反逆者として王国で処刑された隠れ最強騎士 2

蘇った真の実力者は帝国ルートで英雄となる

相模優斗

OVERLAP

イラスト／GreeN

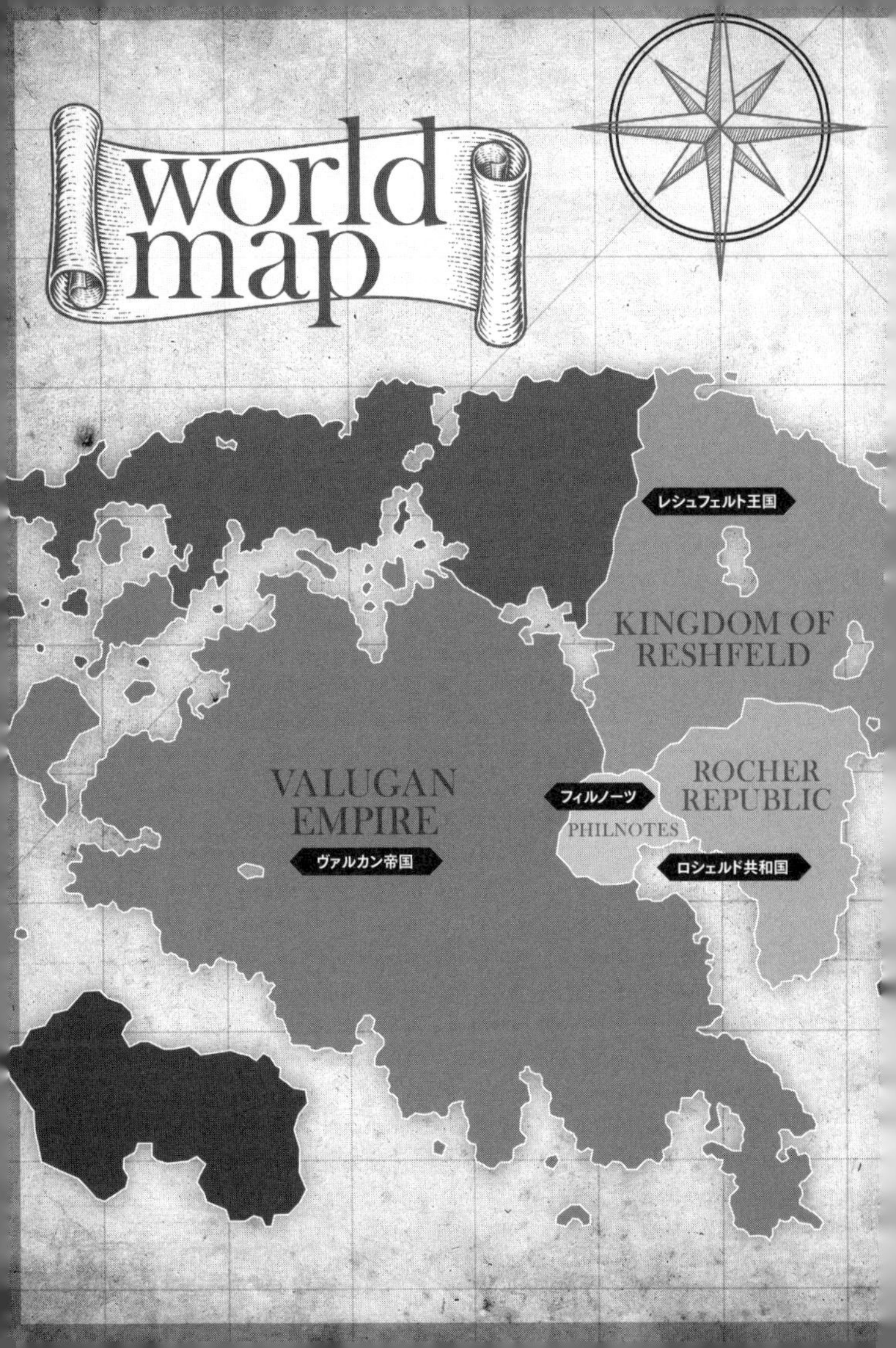
world map
レシュフェルト王国
KINGDOM OF RESHFELD
ROCHER REPUBLIC
VALUGAN EMPIRE
フィルノーツ
PHILNOTES
ヴァルカン帝国
ロシェルド共和国

プロローグ

リゲル侯爵の失脚は帝国中にすぐさま知れ渡り、特設新鋭軍がリゲル侯爵の軍に勝利したという話は、全ての帝国貴族に新たな時代の幕開けを感じさせていた。

『ヴァルカン帝国史上二度目の女帝誕生か』

フェルシュドルフ公爵家の嫡子を次期皇帝に推す声は当初の勢いを完全に失い、ヴァルトルーネ皇女こそが次期皇帝に相応《ふさわ》しいという世論が市井《しせい》で囁《ささや》かれ始めた。

この先、全ての帝国貴族は選択を迫られることになるだろう。

皇女に付くか、フェルシュドルフ公爵に付くかという重大な二択を。

「……乱世が訪れるわね」

特設新鋭軍の戦闘に関する報告書を机上に放り投げ、軽くこめかみを押さえていると、腕を組み瞠目《どうもく》するガタイの良い男が何気なく呟《つぶや》いた。

「んで。最終的にお前はどうすんだ？」

「……は。何が？」

「お前の父親は反皇女派筆頭貴族だろ。皇女殿下に付くか、それとも敵対するか。エピカ、お前個人はどっちを選ぶかって聞いてんだよ？」

ルドルフ＝フォン＝アーガス。

彼は帝国軍騎兵師団長であり、アーガス伯爵家の次期当主でもある。

それにしても非常に煩わしい問い掛けだ。

「……アーガス伯爵は、確か中立派貴族だったわね」

「そうだが、今俺の家は関係ないだろ？」

「残念ながら関係大有りよ」

私とルドルフはヴァルトルーネ皇女との協力関係を構築している。だが、実家の意向が皇女との敵対であるのなら、今の私たちの立場は微妙なものとなる。

「貴方《あなた》の家はあくまで中立派。皇女派じゃないのよ……アーガス伯爵家が最終的に反皇女派に付くのなら、私に対する問いはそっくりそのまま貴方自身に返るわよ」

私の家は反皇女派で、ルドルフの家も中立派。近いうち私たちにも選択の時が訪れる。

そしてそれは残酷な結末を迎えることもあり得るわけで、

「……貴方は家族を殺して、皇女の信頼を得る覚悟はあるの？」

——親殺し、兄弟殺しも視野に入れるべき事案であるということだ。

ここまで言うとルドルフは俯《うつむ》き、真っ青な顔になった。

「……んな縁起でもねぇこと」

「私はあるわよ。ダリウス伯爵家の身内全員をこの手で葬り去る覚悟が」

「——っ！　お前は」

私は目の前の男とは違う。

家族愛なんてものは幼少の頃から育まれていないし、ヴァルトルーネ皇女と手を組み、家族を皆殺しにして家督を得ることを望んでいる欲深い女だ。

「身の振り方を考えるのは貴方の方よルドルフ。——私はヴァルトルーネ様に付くと決めている。邪魔な家族を全員殺せば、私が新たなダリウス伯爵になれるし、あの方と組んだのも元々は家督争いを勝ち抜くためでもあるのだし」

ヴァルトルーネ皇女と友好関係を築いた瞬間から、私は気持ちを固めていた。

この貴族社会は打算と嘘《うそ》と汚い何かで構成されている。その環境に適応していかなければ、私たち帝国貴族はすぐに潰される。

「……エピカ」

「まあ、貴方はゆっくり考えればいいんじゃない。中立派はある程度選択の余地があるはずだし。じゃ、私はこの後軍略会議あるから」

そう言い残して私は席を外した。

——あの顔を見るに、あの男はまだ覚悟していないのね。アホらしいわ。

どうせ選択の時はすぐそこまで迫っている。

今から警告しておけば、然《しか》るべき時には気持ちも固まっていることだろう。

「……いいわよね。能天気なヤツは」

選択肢のある人間もいれば、そうでない人間もいる。

因《ちな》みに私は後者の『選択肢のない人間』だ。

女性として確固たる地位を築き上げるために、私はどんな手を使ってでも、ダリウス伯爵家を手中に収める。

だから私は、

「コーネリア」

「はい」

通路脇からさも当然のように現れた青髪の女——コーネリアに対し、毅然《きぜん》とした面持ちで告げる。

「……貴女《あなた》との取引、受けようと思うわ」

「ありがとうございます。エピカ様」

たとえそれが悪魔の手であっても、骨の髄まで利用し尽くしてやる。

どうせ先にあるのは生存か破滅かしかない。

私は生き残るために、ありとあらゆる道徳心を、今この瞬間から完全に捨て去った。

第一章　急接近する距離感

1

リゲル侯爵軍との戦いにおいて、特設新鋭軍は輝かしい勝利を収め、俺たちには束《つか》の間《ま》の休息が訪れた。

とはいえ、二ヶ月後にレシュフェルト王国との戦いを控えているため、完全に気を抜くことはできない。

逆行前の帝国は王国軍の侵攻をあっさり許してしまったが、今回は必ず阻止してみせる。

先に待つ陰鬱な光景を必ず打ち消すと心に誓いつつ、大きく息を吐いた。

今日もまた気を引き締め、朝から晩まで職務に従事しよう。

そう考えていたはずだった。

しかし周囲を見回せば、溢《あふ》れんばかりの人込みと緩んだ空気が広がっていた。


「うえ～い。盛り上がってるか～！」

「うおぉぉぉぉぉぉぉぉぉぉぉ!!」

「よ～し。宴《うたげ》はまだまだ続くぞ。お前ら、どんどん飲んでけよ！」

「うおぉぉぉぉぉぉぉぉぉぉぉぉ!!」

騒ぐ兵たちの中心で音頭を取っているのは、真っ赤な顔をしたスティアーノ。

右手には酒の入った大きなガラスジョッキ。

左手には料理が山盛りにされている大皿。

そしてその周囲に集まる兵たちも、浮かれた様子で酒瓶や料理の入った器を天に掲げる。

「それでは、特設新鋭軍の初陣戦勝を祝って～……」

「「かんぱ～い!!」」

――戦い明けだってのに、随分と元気だな。

こっちが若干引いてしまうくらいの騒がしさ。

特設新鋭軍初勝利の祝勝会は、日付が変わりそうな時間帯にも拘《かか》わらず、会場は大いに盛り上がっていた。

「まったく、何やってんだか……」

本来ならこの時間も、執務室に籠って仕事をしているはずだった。

スティアーノに『アルは強制出席だからな!』と言われなかったら、顔すら出していなかっただろう。

「こらスティアーノ! 料理持ち過ぎ! 他の人も食べたがってるでしょ?」

「いだいいだぃ! 下ろす! 下ろすからスネを蹴るな……!」

「このっ、限度を知りなさい。馬鹿スティアーノ!」

「ペトラこそ、力加減を知ってくれ！　骨が折れるぅ、あぁぁぁっ……！」

「ははは っ！　二人とも何してんすか！」

「おーい。こっちで痴話喧嘩《ちわげんか》始まってるぞ～」

「なんか楽しそうだね」

「祝いの席だからね～うちらも騒ごっか！」

「だね！」

 やや暴動っぽい場面も見えたが、概《おおむ》ね和やかな空気が流れていた。

殺伐とした戦場を経てきたとは思えないほどに、平和な光景だ。

「アルディア殿、飲んでますか!?」

宴で盛り上がる光景を端の席で静かに眺めていると、数人の兵たちがフラフラした足取りでこちらに歩み寄ってくる。

「あ、いや……俺はまだ仕事があるので」

よくある断り文句を告げ、愛想笑いを浮かべるが、彼らは誰一人としてその言葉を聞き入れてはくれない。

「そんなこと言わんでくださいよ～。ほらほら、俺らと一緒に飲みましょ！」

「ですです！　アルディア殿の大活躍は特設新鋭軍の中でも話題になってるんですよ～」

「主役がこんな端っこで寂しく見てるだけなんて、俺は我慢できましぇん！」

「お前……呂律《ろれつ》回ってねっぞ～」

「それはアンタも同じじゃないのよ」

「ははっ、違いねぇな！」

酔っ払いだ……それもかなり重度の。

彼らはアルコールの香りを漂わせ、酒と場の雰囲気に酔っている。

「アルディア殿は俺らの英雄なんですから！　もっと堂々としていてくださいよ」

そしてそんな戯言《たわごと》を恥ずかしげもなく言葉にしているのは、酔いが回り過ぎている証拠だ。

「大袈裟《おおげさ》ですよ。これは特設新鋭軍の全員で摑《つか》んだ勝利です」

「なんで謙遜するんですか。アルディア殿とリツィアレイテ将軍のお二方は、特設新鋭軍の双璧となる偉大な存在なんですから」

――いや。そもそも俺は特設新鋭軍に所属しているわけじゃないのだが。

「俺を称《たた》えてくれるのは嬉《うれ》しいですが、それ以上に特設新鋭軍の躍進に寄与した方がいるはずですよ」

「リツィアレイテ将軍のことですよね！」

「はい。彼女が指揮をしたことで、特設新鋭軍は勢い付き、こちらの被害も最小限で済みました」

リツィアレイテがいなかったら、俺は強敵の処理にかなりの時間をかけていたはずだ。

あの怪物を迅速に倒せたのは、彼女の協力があったから。

軍全体を効果的に動かせていたのも、彼女が指揮官として的確な指示を出し続けていたからだ。

「そういえば、ちょっと前からリツィアレイテ将軍の姿が見えないよな……？」

「あ、うん。宴には参加してるはずなんだけど……」

彼らは思い出したように会場を見回す。

確かに彼女の姿はどこにも見当たらない。

「えぇ……どこにいるんだろ？」

「ビュッフェテーブルの方には人が沢山だけど……うん。いないね」

「向こうではミアさんとファディさんが騎竜《キリュウ》と一緒に遊んでるけど、リツィアレイテ将軍はいないですね」

真面目なリツィアレイテのことだ。宴を抜け出して仕事でもしているのかもしれない。

彼女の勤勉な姿を頭に思い浮かべていると、不意に背中を叩《たた》かれた。

――ん？

気になって振り向くと、そこには本日の主役であると話題に上っていたリツィアレイテの姿があった。

「……え？　あの」

「しっ……他の方に気付かれてしまいます」

――どうして隠れているんだろうか？

俺の背に隠れるリツィアレイテは、俺が身に着けている服の裾をそっと握り、

「すみません。一緒に来てください」

何故《なぜ》か助けを求めるような視線を向けてきた。

2

「あれ、アルディア殿がいなくなってる!?」

「まじで？　うわ、本当じゃん。一緒に飲みたかったのになぁ……」

「仕方ないよ。まだお仕事あるって言ってたし」

「よし！　アルディア殿の分まで沢山飲んじゃおう！　今日の宴は全部経費らしいし！」

「だな！　酔い潰れるまで楽しもうぜ！」

「ちょっと～、介抱するの大変なんだから、少しは考えながら飲んでよね～」

「ほんとそれな。お前らペースくらい抑えろよ？」

「あっ。私ペトラさんのとこ行ってくるね！」

「なら俺はアンブロス隊長と話してくるわ」

俺への注意が逸《そ》れたところで、軽く安堵《あんど》の息を吐く。

楽しそうに宴会を満喫する兵たちの声を聞きながら、斜め後ろで息を潜めているリツィアレイテに小声で尋ねた。

いる。

「それで、リツィアレイテ将軍。……こんなところに隠れてどうしたのですか？」

会場の死角となる場所で、彼女はしゃがみ込み、心なしか疲れたような表情を浮かべている。

「すみません……こういうのは少し苦手で」

「構いませんよ。俺もあの空気に馴染《なじ》めていなかったので」

「そう言ってもらえると助かります」

安堵したような顔で彼女は胸を撫《な》で下ろす。

「実は私……あまりお酒が強くないのです。ただせっかく誘って頂いたので、出席だけでもしておこうと思ったのです。でも……」

彼女は地面に手をつき、うなだれるような格好で呟《つぶや》く。

「主役なんだから飲みましょうと……断れない空気になってしまって」

――ああ。なるほど。それで逃げ隠れしていたのか。

盛り上がった空気は壊したくない。

けれども、お酒はあまり飲めないので困り果てていた。そんなところなのだろう。

「その気持ち分かりますよ」

あの空気の中で頼み事をされたら、確かに断りづらい。

俺自身も楽しそうな笑みを浮かべた兵たちに囲まれて、どうしたものかと戸惑っていたくらいだ。彼女からしたらあの場は余計に居づらかったのだろう。

ならばと思い、俺は彼女に手を差し伸べる。

「アルディア、殿……？」

「いっそのこと会場から抜け出しましょうか」

「え？」

「俺たちはお互いに、騒々しい場所はそこまで得意じゃないのだと思います」

「それは、確かに……」

会場は大いに盛り上がっている。

兵たちは戦いのことを忘れ、喜びに酔いしれ、楽しんでいる。

ただその賑《にぎ》やかさが苦手だと感じる者だっているのが普通。それは恥ずべきことでも、申し訳なく思うことでもない。

「とても楽しそうだとは思いますが、場の空気に合わせ続けるのも疲れるでしょう？」

「でも、いいんですかね？」

「いいと思いますよ。何事も無理は良くありません」

彼女はこちらの顔を見上げ、それからゆっくりと手を取った。

「アルディア殿がそう言うのなら……分かりました。お言葉に甘えます」

「では、行きましょうか」

目的地は特にない。

ただ静かで、落ち着けるような場所を探して、俺たちは会場に背を向けた。

外は暗く、人通りはあまりなかった。

「あの……今日この後、お時間は大丈夫だったりしますか？」

会場から完全に離れ、周囲に誰も居なくなった頃合いで、リツィアレイテからそんなことを尋ねられた。

暗がりで表情はあまり見えないが、少しだけ耳が赤くなっているように感じる。

——珍しいな。

「プライベートで、ということですか？」

「はい。特設新鋭軍の祝勝会は抜けてきましたが、アルディア殿とは個人的に話してみたいなと前々から思っていましたので」

「そうでしたか」

彼女と仕事以外で会話をする機会は滅多にない。

リゲル侯爵との戦いでも、彼女には色々と助けてもらった。

「……その、ダメでしょうか？」

リツィアレイテは微《かす》かに震えた声のまま俯《うつむ》いていた。

彼女はヴァルトルーネ皇女を守るために、今後も背中を預け続ける存在だ。

そんな彼女の提案を断ることはできない。

「分かりました。今日一日、リツィアレイテ将軍にお付き合い致します」

「本当ですか！」

「もちろんです」

彼女は頬をほんのり赤く染め、俺の手を強く握った。

「えっと、では行きましょうか」

「はい」

強く繋《つな》がれた手からはリツィアレイテの体温が伝わってくる。

彼女に手を引かれながら、俺は大人しく付いていく。

「……着きました。ここにしましょう」

リツィアレイテに連れられた先は、アルダンの市街地にある一軒の飲み屋だった。

先程の会場と違って、落ち着いた雰囲気の店だ。

「リツィアレイテ将軍はこのお店によく来られるのですか？」

尋ねると彼女は少し困ったように眉尻を下げた。

「いいえ。私はお酒が強くないので……以前仲の良かった友人と何度か。ちょっとした思い出の場所なんです」

「そうでしたか……」

「はい」

リツィアレイテは感慨深そうに店舗を見つめる。

「懐かしい……」

この店はきっと、彼女にとって特別な場所なのだろう。

——それにしても仲の良かった友人か。

彼女が友人らしき人物と親しそうに話しているのを俺は見たことがない。

常に仕事一筋なリツィアレイテは、普通の女性らしく休暇を満喫したりしない。

毎日特設新鋭軍を纏《まと》め上げる将軍として、気を張り続けているのだ。だからだろうか。

リツィアレイテの普段と違う穏やかな横顔が、とても珍しく感じられた。

「もうこの店に来ることはないと思っていました……」

「え？」

「あっ、いえ！　なんでもありません！　すみません突然変なことを言って。実は仲の良かった友人と疎遠になってしまって……だからこの店にまた来ることになったのが、凄《すご》く不思議な感じで……」

慌てて誤魔化すリツィアレイテだが、その瞳には寂しさと悲しみが滲《にじ》んでいた。

「ほんと……どうしてでしょうね」

作り笑いを浮かべたリツィアレイテは、それ以上語りたくなさそうに顔を伏せた。

「……静かでいい雰囲気のお店ですね」

「はい。そうなんです」

掠《かす》れた声で囁《ささや》くリツィアレイテは、普段以上に大人びて見えた。

ここはリツィアレイテにとって友人と過ごした思い出の場所。

そんな思い入れのあるお店に俺なんかと来てしまって良かったのか。

無言で店舗を眺めるリツィアレイテにふと尋ねた。

「でも良かったのですか？　そんな思い出のお店に俺なんかと来てしまって」

俺たちの関係は仕事上での付き合いであり、それ以上の間柄になるには程遠いと、そう思っていた。

けれども彼女は優しい眼差《まなざ》しを向けてくる。

「ここに来たのは、アルディア殿と一緒だから、ですよ」

「俺と一緒だから？」

「はい。というかアルディア殿でなかったら、異性と二人きりで飲むなんて考えません。私はアルディア殿を信頼して、尊敬しているんです」

嘘《うそ》が少しも混じってなさそうな物言いは、実に彼女らしい。

「ありがとうございます。俺もリツィアレイテ将軍のことを信頼し、尊敬しています。俺たちはなんだか似ていますね」

「確かにそうかもしれません」

綺麗《きれい》な長い茶髪を揺らして、彼女は自然に微笑《ほほえ》んだ。

「さあ、お店に入りましょうか」

リツィアレイテは店の扉を開き、立ち止まったままの俺に視線を向けた。明るい光を放つ店内の照明が彼女の横顔を照らし、その表情が少しだけ色っぽく見えた。

「アルディア殿？」

「……すみません。今行きます」

彼女の声音はとても柔らかい。

普段の真面目でお堅い印象とはどうしても違って見えてしまう。

「顔が赤いですが……体調悪いですか？」

「いえ。大丈夫ですので、気にしないでください」

「そう、ですか……分かりました」

リツィアレイテと視線を合わせることができない。

気恥ずかしさが胸中を支配している。

――きっとこの感情は『親愛』というものだ。

強敵を共に倒した彼女に対して、親近感を覚えているのかもしれない。

仕事に対してのストイックな姿勢は尊敬できるし、何より彼女と一緒にいると落ち着く自分がいる。

「アルディア殿、今日はその……楽しみましょうね！」

リツィアレイテに笑い掛けられた瞬間、その優しげな眼差しを愛《いと》おしく感じた。

かつて失ってしまった強敵と、今はこうして語り合える。

そんな時間を得られている今がとても幸せだ。

3

飲み始めて小一時間。

俺とリツィアレイテは他愛もない雑談から始まり、これまで経験してきた過去話など交えつつ、久しぶりの余暇を楽しんだ。

飲み屋でありながら落ち着いた雰囲気の店内には、俺たちと同じように若い男女のペアがちらほら見える。

俗に言う『いい雰囲気』が店内の至る所で流れているのだ。

なら俺とリツィアレイテにも、男女間の特別な感情が芽生えたかと言われれば……。

「……うーん」

そんなことは全くなかった。

「あの、大丈夫ですか？」

「今の私が……大丈夫に、見えますか……？」

「見えませんね」

対面の座席にはテーブルに伏して、意識を朦朧《もうろう》とさせているリツィアレイテの姿があった。

途中までは何事もなかったが、酒が進むと次第に彼女の顔色が怪しくなっていった。

そして今現在の酔っぱらったリツィアレイテが完成したのである。

……お酒、本当に弱かったんだな。

「す、すみません……本当にお酒に弱くて」

「大丈夫ですか？」

「少し胃の調子がアレですが、意識はちゃんとありますし何も問題は……あ、アルディア殿が三人に見えます……！」

「問題大有りですよ、それ」

——気丈に振る舞っているが、大丈夫ではなさそうだな。

虚《うつ》ろな彼女の瞳は、俺のことを見据えているようで焦点が全く定まっていない。

「すみません。水を一杯頂けますか？」

「はい。少々お待ちください」

店員に水の注文を行い、俺はすぐ彼女の隣に座った。

それからグラスに入った冷たい水を受け取り、彼女の顔の近くに持っていく。

「リツィアレイテ将軍、お水です。飲めますか？」

「ええ。その……ご迷惑をおかけして申し訳ありません」

「気にしないでください。どうぞ」

「ありがとうございます。いただきます……」

リツィアレイテの頬はほのかに赤く、酔いが回っているとひと目で分かるくらいだった。

「そろそろ帰りましょうか」

長居はしていないが、そろそろ切り上げないと彼女の意識が本当に飛んでしまいそうだ。

席をゆっくりと立ち上がり、会計場所に向かおうとしたが、

「まっ、待ってください！」

完全に席を離れる直前、俺の手はリツィアレイテにしっかり摑《つか》まれていた。

「その、こんな状態で言うのもアレなんですが……私はまだアルディア殿と一緒にいたいです！」

「ですがもう……」

「お願いします！　あと少しだけ！」

彼女は潤んだ瞳で見上げてくる。

――そんな頼まれ方をしたら、断れるわけがない。

摑まれた手のひらから伝わる体温と脈打つ鼓動が、『もう少しだけ猶予を与えて』と訴えかけているようだった。

「………少しだけ、ですよ」

離れかけた椅子に再び腰を下ろすと、彼女は安堵《あんど》混じりの息を吐いた。

「我儘《わがまま》を言ってすみません。ですがまだ、話足りなかったので……」

彼女の言いたいことはよく分かる。

たった小一時間。話したいことを全て語り尽くすには足りるわけがない。

「アルディア殿にはもっと私のことを知って欲しいです。それで私も……アルディア殿の

ことをちゃんと理解したい」

親睦を深めるということであれば、目的は達せられたはずだ。

でも彼女はその先を望んでいる。

知り合いや友達、同僚の垣根を越えて、お互いのことを知り尽くした『良き理解者』になりたいとそう告げているようだった。

4

積《つも》る話を繰り広げ、俺とリツィアレイテは更に数時間を店内で過ごすことになった。

空になったグラスが散乱するテーブルは、時間の経過をより一層感じさせる。

「アルディア殿は……いなくならないで、くださいね？」

「ええ……あの、抱きつかれるのはちょっと」

「ダメです……逃げないでください」

リツィアレイテはこちらに寄り掛かり、腰付近にゆっくりと手を回してくる。

正直こうなるとは思っていなかった。

彼女が酔い潰れたとしても、理性の箍《たが》が外れるなんてことはないと思っていた。

頬を赤く染めた彼女は一歩も引く素振りを見せず、肌を密着させるようにして、俺の顔をジッと見つめてきた。

なんとか引き剝がそうと腰に回された彼女の手を握るが、予想以上に力が強い。

「ちょっ……！」

「んんっ。ヴァルトルーネ様だけずるいです。私もアルディア殿ともっと……」

――これ以上は本当に良くない。

普段のリツィアレイテと違って、距離感が近過ぎる。

彼女の吐息が頰に当たるたび、心臓が飛び跳ねるような感覚が襲ってくる。

「アルディア殿～私のことはリタって呼んでください」

「急にどうしたんですか。脈絡が摑めないですよ……」

「ふふん。親愛の証《あかし》です！　呼び方を変えれば私たちはもっと仲良くなれますよ～」

「えぇ？　あっ、ちょっと……！」

張り詰められた真面目オーラは微塵《みじん》も感じられない。

今のリツィアレイテは、特設新鋭軍を率いる気高き将軍というよりも、甘えん坊な女性にしか見えなかった。

抱きつくリツィアレイテを横目に、近くを巡回する店員に向かって手を挙げる。

「すみません。お会計お願いします！」

「えぇ～、もう……帰るんれすかぁ？」

「流石《さすが》にもうお開きですよ。立てますか？」

「もちろん！　アレ……？」

「肩貸しますね」

彼女はフラフラとした足取りで、俺にもたれかかってくる。

──普段とのギャップがあり過ぎるだろ。

「リツィアレイテ将軍……」

「リタですよぉ？」

「いやあの……」

「リタって呼んでくれないと、離れてあげませんから……んぅ……」

「あ、ちょっと！　大丈夫ですか？　立てますか？」

「うぅん……」

酔いが回り、彼女はもう意識が飛びかけている。彼女は床に膝をついた状態で頭を上下にコクリと、動かす。

「あの。お連れさん大丈夫そうですか？」

「大丈夫じゃないですが、なんとか連れて帰りますので……ご馳走様《ちそうさま》でした」

「ありがとうございました」

会計をササッと済ませて、俺はリツィアレイテを背負った。

向かう先は彼女の宿舎のある場所。

──彼女の部屋は、こっち方向にあったよな。

「ねぇ……アルディア殿のこと……私もアルって呼んでもいい、れすかぁ？」

小さく聞こえてくる寝言が、なんとも気恥ずかしい。

「聞いて……ます？」

「聞いてますよ。呼び方は自由にして頂いて構いません」

「そうですかぁ……それはとっても、嬉《うれ》し、い……すぅ……すぅ……」

そのままリツィアレイテは寝息を立て始めた。

酔いが回ったというのもあるが、先の戦いも含めて彼女は非常に忙しかった。

その疲れも溜《た》まっていたのだろう。

彼女の体温を背に感じながら、俺は小声で囁《ささや》いた。

「ありがとうございました。リツィアレイテ将軍のおかげで、殿下の望みに一歩近付きました」

彼女を特設新鋭軍の将軍に据えることも、リゲル侯爵との戦いに勝利することも、どちらも未来をより良い方向へと変えていくために欠かせないことだった。

ヴァルトルーネ皇女の持つ影響力を拡大し、強大な敵を退けるだけの戦力を整える。その下準備にリツィアレイテの尽力がこれからも必要となってくるだろう。

「今後も貴女《あなた》の力が必要となります」

彼女にはきっと聞こえていない。

それでも俺は彼女に感謝を伝えておきたかった。

「安心してください。貴女は俺が守ります。どんな苦境が待っていようと絶対に死なせません。貴女を殺そうとする脅威は――俺が全て叩《たた》き潰します」
幸せそうな寝顔の彼女を背負いながら、暗い夜道を歩き続ける。
やや青み掛かった空は、夜明けの訪れを報《しら》せているようだった。

5

――ああ、すっごく頭が痛い。
窓から差し込む日差しに当てられて、私の意識は覚醒した。
鈍い頭痛が定期的に襲ってくるが、それをなんとか我慢して上体を起こす。
「うっ……」
――それにすごく気持ち悪い。
次第に押し寄せてくる吐き気が喉元に迫る。
内容物を押し戻すように、私は胸の辺りに手を当て、長く息を止める。
額には熱が籠っており、空腹と共に喉奥に言い表せない不快な感覚が残っている。
そしてなにより、
――ああもう。忘れたいわ。
ぶつけようのないくらいの羞恥心が全身を支配していた。
朧《おぼろ》げに昨日のことを思い出すと、急激に死にたくなってくる。

何故《なぜ》昨晩の私は、あれほど積極的に、アルディアとの距離を詰めようとしたのだろうか。

ベッドのシーツを強く握り締め、私は身を縮こまらせた。

『リタって呼んでくれないと、離れてあげませんから』

「私の馬鹿ッ！」

羞恥心に苛《さいな》まれた私は、思いっきり壁に頭を打ち付けていた。

「最悪、です……何をしているんですか、私は……」

額に痛みがズキズキと伝わってくる。

しかしそんな些細《ささい》なことよりも、昨日の羞恥すべき出来事を忘れたい気持ちの方が勝っていた。

「あの時の私は普通じゃなかった……なんであんなことを」

泥酔が招いた悲劇。

自分がどれだけお酒に弱いかも理解していて、本当は飲むつもりすらなかった。

ただ彼と軽く話す。それだけで良かったのに……二人きりという状況に舞い上がり、恥ずかしくて、それを紛らわすために、自然とアルコールへと手が伸びてしまっていた。

『アルって呼んでもいい、れすかぁ？』

「あぁ、もう……！」

私は再度壁に頭を強打する。

頭に走る頭痛が壁に頭をぶつけたせいなのか、昨日の酔いが覚めていないせいなのか分からない。

「……最悪、死にたいわ」

普段なら絶対にあり得ないことだった。

唯一彼と話す状況下で発動した私の弱さ。

平静を装うつもりだったのに、これじゃあ舞い上がっていたのが彼に丸分かりだ。

「はぁ〜どうすればいいのよ」

――アルディア殿はきっと、あんな私に失望したわよね。彼もきっと昨日のことはちゃんと覚えているだろうし。

これまで彼に対して、あそこまで無遠慮な発言をしたことはなかった。

――もし彼と会うことがあったら、私は死ぬ……精神的に死ぬわ！

「リツィアレイテ将軍。早朝からすみません。部屋に入ってもよろしいですか？」

そうこうしているうちに、特設新鋭軍の部下が私の部屋を訪ねてきた。

扉の鍵はかけていなかったので、「入りなさい」と普段通りの落ち着いた声音で返事をする。

そして扉が開き、部下は絶句した表情を浮かべ、手に持っていた書類の束を床に落とす。

「リツィアレイテ将軍……顔色が悪いですよ!?　大丈夫ですか？」

「大丈夫よ。それよりも用件は？」

「もう用件はいいです。それよりも体調が優れないなら、今日は休んでください！」

部下は心配そうな顔でこちらに駆け寄り、私の額に手を当てる。

「ああほら、熱がありますよ」

「気にしないでください。これはただの二日酔いです」

「え？　でもリツィアレイテ将軍は昨日の祝勝会を欠席していたような……」

「じ、実はちゃんと居ましたよ」

「嘘《うそ》!?……私ずっとリツィアレイテ将軍のことを探してましたけど、全然見つかりませんでしたよ？」

「そ、そう。静かな場所で飲んでいたからかしら……ごめんなさい」

迂闊《うかつ》な発言だった。

私がアルディアと二人きりで飲んでいたことを特設新鋭軍の兵たちは知らない。もし知られてしまったら、どうなるのだろうか？

彼との関係を聞かれたりするのだろうか？

いや。ない！

私にとって彼は尊敬できる皇女殿下の専属騎士。

それ以上の特別な関係などではない。

身の程は弁《わきま》えているつもりだ。余計な私情は挟まない。そうでなければ、ダメなのだ。

頭の中で彼との関係に整理をつけると、途端に酷《ひど》い頭痛が再度襲ってくる。

「うぅ……いっつ」

頭が割れるような痛みに、取り繕っていた表情が歪《ゆが》む。

「って、祝勝会のことはどうでもいいです！　本当は新兵の演習について相談があったのですが、今日はゆっくり休んでください！」

「いえ、これくらい全然大丈夫です。そもそも私に休んでいる暇なんて……うっ」

「あぁ～無理は禁物ですよ！　リツィアレイテ将軍に倒れられたら、それこそ帝国にとって大きな損害になってしまいます。仕事は分担して回しておきますから、体調が良くなるまで安静にしていてください」

部下はそう言って、優しく毛布を掛けてくれるが、休むつもりは微塵もない。

「そういうわけには……！」

「ダメです。横になっててください」

「で、ですが……」

「大丈夫ですって。私たちだって一日や二日、リツィアレイテ将軍がいなくてもちゃんとやれますよ」

勢いに押し切られ、私はそれ以上反論することを止《や》めた。

キビキビと動く世話焼きな部下がどこか頼もしく見えて、『任せてもいいのだ』と無意識の内に納得していた。

「分かりました。では、お言葉に甘えます」

「はい！　お任せください！」

やる気満々の部下は可愛《かわい》らしく敬礼ポーズを取る。

そんな緩い空気に飲まれた私は、安堵《あんど》からか全身の力が一気に抜けた。

――取《と》り敢《あ》えず今日は彼と顔を合わせずに済みそうですね。

コンディションが悪いことこの上ないが、今だけはその体調不良に感謝しよう。

もしも今、彼と顔を合わせることがあったなら、確実に昨日あった羞恥すべき出来事を思い出して悶《もだ》え死ぬ。乱れた茶髪を直すことなく、私は目を瞑《つぶ》った。

「今日は絶対安静に、ですよ。いいですね？」

「ええ。じゃあ申し訳ないけれど、特設新鋭軍のことは任せました」

「はーい。ではでは～♪」

「………………」

軽く手を振りながら、部下は部屋を後にする。

最後の返答がふんわりし過ぎていたため少し不安になってきた。

「……彼女に任せたのは、間違いだったかしら？」

しかし後悔したところで、彼女の気配はもうない。

なんとか仕事を回してくれると信じて、私は布団に顔下半分を埋《うず》める。

「……そっか。今日はお休みなのですね」

ふと呟《つぶや》いた言葉に思考を巡らせると、最近は働き詰めだったことを実感する。

ヴァルトルーネ様に特設新鋭軍という新組織の長を任され、期待に応えようと今まで以上に努力を重ねた。

騎竜《キリュウ》兵としての鍛錬に加え、軍の指揮についても勉強し、初陣もなんとか成功させることができた。帝国軍所属の頃に比べると、労働量と裁量権は共に大きくなり、充実した日々を過ごせていた気がする。

「……お休みって、何をすればいいのでしょうか」

自室に籠るという経験がなかったから、時間の使い方がよく分からない。

窓の外からは気持ちの良い日差しが差し込み、ゆったりとした時間が流れ続けている。

忙《せわ》しなく動き続ける日々が習慣化された結果、何もなくていい時間というものが逆に居心地の悪いものに思えてならない。

「午後から普通に仕事に行くべきでしょうか。いえでも、折角の気遣いを無下にするわけには……」

私の心中には、『体調不良』と『働かなければ』という感情が同時に渦巻き、横になっている間、私は葛藤し続けるのだった。

6

先の戦いで特設新鋭軍がリゲル侯爵軍を打ち倒したことにより、ヴァルトルーネ皇女を次期皇帝に推す声が大きくなっていた。

反皇女派貴族たちの動きには、まだ注意が必要なものの、数々の武功を挙げたおかげで特設新鋭軍の組織強化は着々と進んでいる。更に特設新鋭軍が公《おおやけ》に認められたことにより、帝国内にある対立派閥の影響を受けずに戦力を動かせることになった。

まさに盤石の体制。

ヴァルトルーネ皇女もさぞご機嫌だろう……と思っていたのだが。

「あの殿下……」

「何かしら？」

「……いえ、なんでもありません」

「そう」

ヴァルトルーネ皇女の眉間には深い皺《しわ》が刻まれ、重い空気が執務室には流れていた。

──ちょっと空気が悪いな。

俺が何かしたかと問われても思い当たる節は見当たらない。

しかし彼女が不機嫌になっている理由は間違いなく俺が絡んでいる。何故なら、

「殿下。報告書の作成終わりました」

「ありがとう。貴方《あなた》は仕事が早いからとても助かるわ」

「こ、これからも頑張ります！」

「ええ。これからも期待しているわ」

彼女が部下に対しては満面の笑みで対応をしているからだ。

対して俺が話しかけようとすると彼女は明らかに不機嫌オーラを醸し出す。

「あの殿下」

「………………」

ついに返事すらしてもらえなくなった。

「あの。何かご不満があるのなら、遠慮なくおっしゃってください」

「自覚はないの？」

「分からないから聞いているのです」

「ふーん。そう」

ヴァルトルーネ皇女の面持ちは拗《す》ねているような感じに見える。

一体どうすればいいのか。対応に思考を割《さ》いていると、彼女はすぐ目の前に立ち、

「……ぐっ!?」

──きゅ、急に何を！

暫《しば》しの沈黙を経て、彼女はいきなり俺の服の襟を強く摑《つか》んできた。

突然のこと過ぎて疑問符が頭上に浮かんだが、彼女の鬼気迫る眼差《まなざ》しを見て、言葉を紡ぐことはできなかった。

「アルディア。この際だから聞くけど……リツィアレイテと何かあったの？」

「い、一体何のことで……」

「とぼけても無駄よ。貴方とリツィアレイテが祝勝会を抜け出して、夜の街に消えたとい

うことを私は知っているの」

「どこからそんな情報を仕入れたんですか……！」

「ファディよ」

「監視されていたこと、全然気付きませんでした……」

まさかファディに見られているとは思わなかった。

あの日の夜は誰にも見つからずに抜け出せたと思っていたが、というか今はそんなことどうでもいい。

「あ、あの……それで、俺はどうして怒られているのでしょうか？」

「ここまで言われてまだ分からないのかしら？」

正直、何が悪くて彼女が怒っているのか理解ができない。

俺が行ったのは、頼りになる同僚であるリツィアレイテとの親睦を深めただけ。

ヴァルトルーネ皇女の不興を買うようなことは何もないはずだ。

しかし彼女は俺の答えが気に入らなかったようで、先程よりも刺々《とげとげ》した雰囲気を放つ。

「貴方は私の専属騎士なのよ。その自覚はあるのかしら」

「も、もちろんです！」

「なら、私以外の女性と二人きりになるのは許されないわ」

「えっとそれは何故《なぜ》ですか……」

「なんでここまで言って分からないのかしら……？」

彼女は「信じられない」というような表情をし、大きなため息を吐《つ》いた。

「あのね。前世のリツィアレイテは浮いた話が一つもなかったのよ……その意味が貴方に分かる？」

俺に向けられた彼女からの厳しい視線に、思わず玉の汗が額を伝い流れた。

「前世の彼女は異性に興味を持たず、私の専属騎士として職務に邁進《まいしん》し続けた。でも今の彼女はどうかしら？　真面目なのは変わらないけれど、明らかに違うところが一つあるわ。それは貴方と二人っきりになることに抵抗感を抱いていないこと。それってつまり、貴方に少なからず好意を持っているってことじゃない！」

彼女は腰に手を当て、感情を爆発させたように透き通る白髪を揺らす。

「誤解です！　きっと何かの間違いに決まっています」

「私はそう思わないけれど」

リツィアレイテが俺に対して好意を持っているというのは、少々思考が飛躍し過ぎている気がする。

「あの殿下。僭越《せんえつ》ながら申し上げますが、俺と彼女との間に同僚以上の関係はありません。ですので、専属騎士としての職務に支障をきたすようなことは決して……！」

「そういう問題じゃないのよ。馬鹿」

「……え？」

消えてしまいそうなくらいに小さな呟きを聞き、俺は発しようとしていた言葉を失う。

ヴァルトルーネ皇女は俺の襟元から手を離すと、強張《こわば》った表情で視線を斜め下に落とす。

「ねぇアルディア。貴方は私の専属騎士なの。リツィアレイテは確かに素晴らしい女性かもしれないけど、必要以上に親しくなることは許さないわ」

彼女は一気に捲《まく》し立て、それから深く息を吸った。

「だ、だからその……う、迂闊《うかつ》な行動は控えなさいってことよ。ほら、私の専属騎士に変な噂《うわさ》が立ったら私が困るじゃない！」

その一言で俺は全てを察した。

「な、なるほど。申し訳ありません。殿下がそこまで考えていたというのに、俺は物事を深く考えられていませんでした」

全て彼女の言う通りだった。俺の振る舞いによって、ヴァルトルーネ皇女の品位を損ねるようなことがあってはならない。

『女性関係にいい加減な専属騎士を従えている皇女殿下』なんてことが囁《ささや》かれ始めたら、それこそ皇帝になりたいという彼女の願いが遠のいてしまうかもしれない。

それを危惧していたからこそ、彼女は俺に忠告をしてくれたのだ。

「今後はこのようなことがないように致します」

「わ、分かればいいのよ。ええ」

俺の浅はかな行動に対する怒りが収まったのか、腕を組み膨れっ面であるものの、声音だけは柔らかいものに戻っていた。

7

ヴァルトルーネ皇女との和解を経て、執務室には普段通りの穏やかな空気が流れていた。

俺たちはそれぞれ書類に目を通しながら、一心不乱にペンを走らせる。

「殿下。こちらの確認をお願いします」

「ええ。ありがとう」

必要最低限の会話だけで成り立つ空間。

けれども、居心地が悪い感じは微塵《みじん》もない。

「…………」

「…………」

隣から微《かす》かに聞こえるのは紙が擦れる音と筆記する音だけ。

味気ない空間だが、この先に待つであろう激動の日々を考えると、彼女と共に書類仕事をしていられる時間は心が安らぐ。

チラリとヴァルトルーネ皇女へ視線を向ける。

長い白髪を耳にかけて、真剣な眼差しで書類と睨《にら》めっこする彼女の姿はそれだけで絵になる。

そんな彼女は手際よく書類を分別し、その中の一ブロックを俺の方に差し出してきた。

「アルディア。この書類も修正してちょうだい」

「承知しました。午前中には終わらせます」

「ええ。少し大変かもしれないけど、お願いね」

「はい」

書類の束を受け取り、俺は作業を再開した。

静かな時間は日が暮れるまで、このまま延々と流れるのだろう。

そう思っていると、執務室入り口の方から足音が近付いてきた。

「失礼致します。アルディア殿。少しだけお時間よろしいですか？」

執務室に入ってきたのは特設新鋭軍の兵だった。急いでいたのか、額には若干の汗が滲《にじ》んでおり、俺はすぐに兵へと視線を向けた。

「この書類を終わらせたらすぐ対応します。なので少しだけお待ちください」

「お忙しいところすみません。特設新鋭軍の本部棟でお待ちしています」

扉の閉まる音と共に、部屋には再び静寂が訪れた。

「申し訳ありません殿下。少し行ってきます」

動かしていた手を止め、彼女に確認を一つ取る。

「ええ……そうね」

ほんの少しだけ寂しそうな声。

後ろ髪を引かれる思いだが、小さく頷《うなず》いてから扉の方へと足を動かした。

そのまま扉に手を触れようとした時、後方から椅子の動く音が聞こえてきた。

「待って」

振り向くと、すぐ目の前に彼女の顔があった。

「貴方と話すこと、まだあったわ」

それはおそらく仕事関連ではなく、俺と彼女に関することだろう。

その眼差しはどこまでも奥深く、青い宝石のように輝いていた。

「ちょっと戻って」

彼女に腕を摑まれ、言われるがまま俺は扉から遠ざかる。

触れる彼女の手はどこまでも華奢《きゃしゃ》で白く、薄桃色のよく手入れされた爪が俺の目をつい彼女の指先に引き寄せる。

「えっと殿下。話とは？」

「そ、その……んんっ！」

彼女は誤魔化すように咳払《せきばら》いを挟み、意を決したように真剣な眼差しを向けてきた。

「……その。さっきは少し言い過ぎたわ。貴方に悪気がないことは分かっていたのに、つい問い詰めてしまった。だから、ごめんなさい」

サッと頭を下げ、それから彼女はやや耳を赤く染めながら、俺の手を強く握ってくる。

「でもそれは、貴方が誰かに取られてしまうかもという気持ちがあったからで……その、不安だったの」

「不安……やはり俺に至らない点が」

「違うわ。これは私の問題。貴方《あなた》の一番であり続けたいというただの我儘《わがまま》なの」

そんなのは我儘でもなんでもない。

俺はヴァルトルーネ皇女の専属騎士。

彼女に不安を抱かせてしまった時点で、落ち度は全てこちらにある。

「殿下。ではどうすれば安心できますか？」

「え？」

「俺の行動が貴女《あなた》に不安を与えてしまった。きっとこの先も、同じようなことがあるかもしれません。だから教えてほしいのです。どうすれば殿下が安心できるのかを」

俺は完璧な人間ではない。失敗を繰り返し、またこういうすれ違いを生んでしまうことだろう。そんな落ち度だらけの俺にできることは、彼女の心に巣くう不安を少しでも和らげてあげることくらいだ。

「なんでも構いません。どんな要望でも、殿下のお言葉であれば、俺はそれを叶《かな》えると約束致します」

「なんでもいいの？　本当に？」

「俺の命は殿下のためにあります。何なりとお申し付けください」

彼女は思案顔で俯《うつむ》き、やがて遠慮がちに視線を向けてくる。

「じゃ、じゃあ……その。一つだけいい？」

「もちろんです」

「なら遠慮なく……アルディア。いいえアル。私たちはこれから愛称で呼び合いましょう！」

「あ、愛称……ですか？」

思わず、上擦った声で聞き返してしまう。

もっと専属騎士として、戒《いまし》め的な内容を言いつけられるとばかり思っていた。

変に身構えていたせいか、思考が鈍って言葉を紡ぐことができない。

「……そ、それが殿下の望みですか」

「そうよ。だって皇女と専属騎士は二人で一つじゃない。私は貴方との距離をもっと縮めたい。……ダメかしら？」

「いえ。ダメではありませんが、えっと――」

瞬《まばた》きを一つしてから、気持ちを切り替えるように深く息を吸う。

――危ない。俺は何を考えているんだ。

躊躇《ためら》いがちなヴァルトルーネ皇女の態度に見惚《みと》れていたなんて、そんなことを知られたら、流石《さすが》に失礼に思われるだろう。

「アル？」

「あっ……」

彼女は俺の手の甲を撫《な》でながら、優しげな笑みを浮かべた。

「私は貴方のことをアルと呼ぶわ。だから貴方も遠慮なく、私をルーネと呼んで」

「……わ、分かりました」

先程から動揺しっぱなしだ。

そして俺が狼狽《うろた》えているのを察しているのか、彼女は楽しげに手で口元を隠し微笑《ほほえ》む。

──なんか、してやられた気分だな。

きっと俺はこの先も、ヴァルトルーネ皇女の掌《てのひら》の上で転がされ続ける気がする。

皇女と専属騎士という立場の違いに関係なく、俺はこの人には敵《かな》わない。

「ほらアル。ルーネって呼んでみて？」

「ル、ルーネ……様」

「ふふっ。そうよ。これからはその呼び方でお願いね」

気恥ずかしさで顔が焼けるように熱くなったが、機嫌が直ったなら良かった。

彼女は存分に笑うと、軽く俺の背を撫で、『行ってらっしゃい』と促した。

「頑張ってね」

「はい」

小さく手を振る彼女を背に、俺は足早に執務室を後にした。

彼女の眩《まぶ》し過ぎるくらいの微笑みが何度も頭に浮かんでくる。

──どうしたんだろうな、俺。

「顔が熱い……」

ヴァルトルーネ皇女と一緒にいると、心臓の鼓動が加速する。

まるで戦場で圧倒的な敵と対面した時と同じくらいに気持ちが昂《たかぶ》る。

けれど、やっぱり違うな。ひりつくような緊張感が支配する居心地の悪い空気とはまるで別物。

むしろ安心感さえ覚えるような温かな気持ちになる。

今はこの感情が何なのか分からないが、いずれ理解できる日が来るのだろうか。

第二章　アルディアの狂気

1

王国暦一二四一年七月。

ヴァルカン帝国の害となるリゲル侯爵を排斥したことにより、皇帝グロードからヴァルトルーネ皇女への褒章授与式が執り行われた。

そしてこの催しにより、彼女が設立した特設新鋭軍の有用性も評価され、人員はより一層増えることとなる。

帝国軍の徴兵制度も見直された。

リツィアレイテを筆頭とし、平民にも優秀な兵士がいることが、帝国内で認知され始めた。身分や性別によらない実力の尊重。帝国内では未《いま》だに貴族至上主義の思想が根強いものの、これを機に少しはその思想が軟化されるはずだ。

これはヴァルトルーネ皇女の踏み出した大きな一歩。

彼女はこれから先、皇帝の座に就くべく、今以上の功績を挙げ続けることだろう。

「ヴァルトルーネ。此度《こたび》の功績を称《たた》えて、お前に褒美をやろう。何でも言ってみるがよい」

皇帝グロードとの謁見。ヴァルトルーネ皇女は深々と頭を下げながら、無垢《むく》な笑みを浮かべて、とあることを要求した。

「では恐れながら申し上げます。褒美として近隣同盟国に対して、我が帝国領地の素晴らしさを伝える権利。……それを賜《たまわ》りたく存じます。近いうち、ディルスト地方の豊かな風景を近隣諸国の方々にお見せしたいのです」

「……そんなことで良いのか？」

「はい。褒美として賜りたいものは、それだけで十分です」

「そうか」

グロードは彼女の言葉を予想していなかったのか、驚嘆の表情のまま暫《しば》し黙り込んだ。

輝かしい戦功を打ち立てたとは思えないほどに、彼女の要求は無欲なものだった。

きっとこの場にいる貴族は、彼女の考えが理解できないことだろう。褒美をねだるなら、金銭や領地、それから今より上の爵位などを欲するのが一般的な考え方だ。

「ヴァルトルーネ。そなたは謙虚なのだな」

「いいえ、お父様。我が領地を宣伝する権利は、今の私が一番欲しいものなのですよ」

彼女が欲しているものは、レシュフェルト王国との戦争に備える手札だ。

そしてそれは、彼女の上に立つ者としての手腕が認められて、皇帝の地位を手にする材料の一つとなる。

ヴァルトルーネ皇女は無欲なわけじゃない。これから起こる事態に備えると共に、皇帝となる足場を固めようとしている。

表に出さないだけで、彼女は静かに野心を燃やしている。

この国の発展と存続のために——。

2

「報告によれば、レシュフェルト王国がディルスト地方に侵攻してくるのは、今から約二ヶ月後。首謀者はユーリス第二王子。目的はディルスト地方に眠る莫大《ばくだい》な鉱山資源かと思われます」

届いた手紙をフレーゲルが読み上げると、リツィアレイテ、ファディ、スティアーノ、ペトラ、ミア、アンブロス他、特設新鋭軍の幹部クラスの兵たちに動揺が走る。

「イクシオン第四王子から伝えられた情報に誤りはないと思われます。帝国諜《ちょう》報員《ほういん》が調査した結果も、彼から聞いた情報とほぼ一致しておりました」

「そう。報告ありがとう」

フレーゲルが話し終わると、ヴァルトルーネ皇女は大きく息を吸った。

「報告の通りよ。王国は帝国の大切な領地を狙っている。事前の調査がなければ、ディルスト地方は彼らの手に落ちていたことでしょう」

彼女の言葉に皆が青ざめた顔になる。

「けれど、今の私たちは彼らの動きが摑《つか》めている。帝国の誇りを傷つけるような敗北は万に一つもあり得ないわ！」

敵の侵攻状況はイクシオン王子が都度報告を入れてくれる。恐れることは何もない。

「フレーゲル。イクシオン王子との情報共有は密にお願い」

「はっ！」

「可能なら……王国軍と邪魔な帝国貴族を一緒に潰してしまいたいわね」

眉尻を八の字に下げながら、彼女は小さく唸《うな》る。これを機に、王国軍だけでなく他の敵対勢力もまとめて排除しようと考えているのは流石としか言いようがない。

「殿下。ディルスト地方にも、反皇女派貴族がおります。王国軍の進軍箇所を限定すれば、双方をぶつけることも可能かと」

「なるほど……流石はアルね！　反皇女派貴族の軍が壊滅した段階で、疲弊した王国軍を全力で叩《たた》く。特設新鋭軍に与える被害も抑えられて王国軍も討ち滅ぼせる。一石二鳥だわ」

ヴァルトルーネ皇女をよく思わない存在は帝国内に数多くいる。

排除したい存在はなるべく早い段階で処理しておきたい。王国軍の侵攻を理由に戦いの場へと敵対勢力の帝国貴族を引きずり出せれば、邪魔な勢力をまとめて排除できる。

「アル。ディルスト地方の侵入経路を限定したりは可能かしら？」

「今から準備を進めれば、可能かと思われます」

「なら善は急げね。リツィアレイテ！」

「はい！」

「今から特設新鋭軍を率いて、ディルスト地方の地形調査をお願いするわ。可能なら、王国軍を誘導するための作戦も考えてくれると助かるわ」

リツィアレイテは真剣な面持ちで頷《うなず》き、ペトラとスティアーノに視線を向けた。

「ペトラとスティアーノの二人は、急いで軍の編成を練り直してください。王国軍との戦いに備えます。他の者たちも各自戦いに備えてください」

「分かりました！　行くわよスティアーノ」

「おう！」

リツィアレイテに仕事を振られた二人とその他の兵たちは、足早に部屋を後にする。

「アンブロス、特設新鋭軍の守備隊はもう動かせますか？」

「問題ありません」

「では守備隊をディルスト地方全域に配備する手筈《てはず》を整えてください」

アンブロスも無言で頷き、ミアと共に執務室を抜ける。

戦争の火種が目前に迫っているからか、ピリついた空気が漂う。

「あの、ヴァルトルーネ様……実はもう一つご報告があります」

特設新鋭軍の兵たちがほぼ出ていったところで、フレーゲルが控えめに手を挙げる。

「何かしら？」

「はい。ディルスト地方侵攻は王国軍が主体となるわけですが、イクシオン第四王子の情報によると——聖女レシア率いるスヴェル教団も、この戦いに介入してくる可能性が高いとのことです」

スヴェル教団はレシュフェルト王国を中心に活動している世界最大の宗教団体。

ディルスト地方に王国軍が攻め込んでくる理由に聖地奪還という事情が絡んでいるのなら、スヴェル教団の関与は必然だ。

ヴァルトルーネ皇女は落ち着き払った様子で艶《つや》やかな白髪をたなびかせる。

「そう、教団ね。フレーゲル、貴方《あなた》ならどう対処する？」

「教団の介入があるのなら、余剰戦力は必須かと」

「考慮すべき事項が増えるというわけね……」

教団の後ろ盾があるのなら、ユーリス王子が王国軍を動かすのも容易《たやす》いだろう。

「ユーリス王子の独断専行なら、王国側にも言い訳の余地があるけれど、教団まで巻き込むのなら、戦禍の発端に丁度いいわね……」

「え、ヴァルトルーネ様？」

「ごめんなさい。独り言よ……」

戸惑いの表情を浮かべるフレーゲルに、彼女は満面の笑みを浮かべる。

「安心してちょうだい。対教団戦の対策や戦力は、これから整えるわ」

「だから」とヴァルトルーネ皇女は静かな眼差《まなざ》しをフレーゲルとファディに向ける。

「二人は引き続き情報収集をお願い。それから追々、戦力補強のために貴方たちの力を借りると思うわ。その心積《づも》りもしておいてね」

「かしこまりました」

「はい！」

何をお願いするのだろうか。

俺にはさっぱり分からないが、少なくとも直近で大仕事が待っている予感がした。

「アル、貴方も兵を率いてディルスト地方周辺の調査をお願い。敵が侵入してくる経路の洗い出しと侵攻妨害用の魔道具設置を」

「はっ！」

「それからリツィアレイテ将軍も補給線維持のために、特設新鋭軍が入れそうな場所を探してちょうだい」

「最善を尽くします！」

王国との戦いに向けて各々《おのおの》が動き出す。

「二人とも……頼んだわよ」

毅然《きぜん》とした面持ちで、王国軍の侵攻に対処しようとするヴァルトルーネ皇女は、帝国を導く指導者に相応《ふさわ》しい姿だった。

3

「アル、貴方は少し残って。話があるわ」

俺以外の全員が部屋から出ていったところで、ヴァルトルーネ皇女に呼び止められた。

「話ですか？」

「そう、大事なことよ」

『大事なこと』ということは王国軍や教団絡みの話だろうか。

しかし、そんなありきたりな予想を大きく裏切って、彼女はプンスカと可愛《かわい》らしく頬を膨らませ、突き立てた人差し指を俺の顎に掛ける。

「呼び方……『殿下』じゃないでしょ？」

「えっ、あ……！」

「私はちゃんと、貴方のことをアルって呼んだのに……早速忘れているじゃない」

完全に頭から抜けていた。

緊迫した場面だったからか、彼女の呼び方に意識が向いていなかった。

「私の専属騎士なのに、私との約束を破るのね。ふーん」

「いやその……」

「言い訳無用。約束を破った貴方にはお仕置きが必要みたいね」

「お仕置き……」

彼女は少し悪戯《いたずら》っぽい笑みを浮かべ、俺の胸元を軽く小突いた。

「もう決定事項だから、覚悟しておきなさい」

「うっ……はい」

話を強引にまとめるヴァルトルーネ皇女の言葉に、何も言い返せなかった。

4

ディルスト地方南部方面。

王国軍が侵攻してくる可能性の高いこの場所は、防衛のために入念な調査をしなければならない。

多くの騎馬の蹄鉄《ていてつ》の音と騎竜《キリュウ》の重々しい足音が地面を振動させる。

俺もまた馬に跨《また》がり、特設新鋭軍の兵たちに紛れ、先の景色を真剣に見据えていた。

そう、これは王国軍との戦いを左右するほど重みのある任務だ。

「アルディア。そろそろ次の目的地よ」

「ああ。魔道具の残りはどのくらいだ？」

「まだ七割くらい残っているはずよ」

艶やかな金髪を揺らすペトラはクールな面持ちで、荷馬車に積まれた大量の魔道具を見つめ、眩《まぶ》しい日差しを手のひらで遮りながら軽く肩を竦《すく》める。

「流石《さすが》にこの量の魔道具を扱うのは緊張してくるわ」

「緊張？　それはどうして？」

「……そんなの決まっているじゃない。魔道具は高級品だからよ」

――そんな理由かい。

しかし彼女は至極真面目に「スティアーノには絶対任せたくない仕事だわ……アイツなら絶対に一つや二つくすねちゃいそうだもの」と非常に情けない声で愚痴っている。

スティアーノ……取《と》り敢《あ》えず、魔道具を扱う任務に関しては信用ゼロだぞ。

そんな下らないことに思考を回していると、前方を進んでいた馬が足を止めた。

「アルディア殿、到着しました！」

ディルスト地方の広大な平野。

強風が吹くと、身体《からだ》が持っていかれそうな見晴らしの良い場所で、特設新鋭軍の兵たちは乗ってきた馬や騎竜から降りる。

「予想以上に広いところね」

ペトラはどこまでも続く緑の芝生を眺め、素《す》の声で小さく呟《つぶや》く。

「ディルスト地方は広大だからな」

「みたいね……でも、何も無さすぎて、戦闘には不向きな場所よね」

「ああ」

遮蔽物は一切なく、ただの広い空間。

弓や魔術の撃ち合いになろうものなら、敵味方関係なく大量の死傷者が出ることだろう。

そんな平たい地形だからこそ魔道具を張り巡らす意味があるのだ。

手を軽く振り、後方の兵士に合図をすると、彼らはいそいそと荷馬車から麻袋に入った大量の魔道具を降ろし始めた。

「ペトラ。取り敢えず兵たちを横一列に展開するぞ。魔道具を付近一帯に設置する」

「念の為《ため》に聞くけど……本気？」

「本気に決まっているだろ」

「……普通に重労働よね、これ」

「ああ。ペトラが暇していて助かった」

「別に暇してなかったんだけど……はぁ。仕方ないわね」

遠くを見つめる彼女は、やれやれと首を振り、不満そうな顔のまま魔道具を手に持った。

その気持ちは痛いほど分かる。俺も今から行う途方もない地味作業に従事するのが苦痛で仕方がない。けれどもやるしかないのだ。

それが今後の戦いを左右する大事な布石になるのだから。

「悪いが、終わるまでは帰れないぞ」

「知ってるわよ。さっさと終わらせましょう」

華々しい戦闘などは行われず、大量の魔道具を何もない平野の地面にひたすら埋める地味で大変な作業が始まった。

5

「うーん。この角度……ダメね」

「あの……そういう拘《こだわ》りいらないから。早く埋めてくんない？」

「はぁ。分かってないわね。この一ミリが戦況を揺るがす可能性を秘めているかもしれないじゃないの。知らないけど」

「分かった分かった。どうでもいいが、あんまり遅いと徹夜で作業する羽目になるからな」

地面スレスレに顔を近付け、魔道具の位置に拘るのは、険しい顔をしたペトラ。

……すっかり忘れていた。

コイツはどこまでも完璧を追い求めるタイプの人種だった。

肩に掛かった髪を払いながら、懸命に作業を続けるペトラを見ていると、背後から肩を叩《たた》かれる。

「アルディア殿。こちらは終わりました」

「なら先に次のポイントに向かってくれ」

「分かりました。アルディア殿はどうされますか？」

「俺は最終確認を済ませてから向かう。終わった者から先に進むように指示をしておいて欲しい」

「分かりました！」と元気よく返事をした兵は、そのまま手持ち無沙汰になっている集団の方へと向かい、俺の出した指示を共有し始める。

「では先に行ってますね」

「ああ。頼んだ」

他の兵たちが自分の作業を終え、次の地点に向かっていく中、俺はペトラの横でその作業が終わるのをひたすら待ち続けていた。

「……別に待ってないで先行っててていいわよ」

俺の視線に気付いた彼女は居心地悪そうな顔で、髪を耳に掛ける。

しかし俺は彼女の作業が終わるまで動く気にはなれなかった。

「悪いが、お前を一人で残していくほど薄情なヤツじゃない」

「優しいのね。でも余計なお世話よ。私のことはいいから、さっさと行きなさい」

どうやら、人の厚意を素直に受け取れないようだ。……まあ、知っているけど。

凛々《りり》しく魔道具と睨《にら》めっこを続ける彼女の横顔を見ながら、俺は自然と苦笑いを浮かべていた。

ペトラはなんでも一人で完璧にこなそうとする。

誰かの助けなんか借りようとせず、自分の力だけで強くなりたいという志向が強いのだ。

「……うーん。違うわね。こうかしら？」

だから誰よりも頑固で、他人に厳しく自分にはもっと厳しい。

――それでいて人一倍優しい。それがペトラなのだ。

「ほら、見られていると気が散るのよ……シッシッ」

手で追い払うような仕草を見せるペトラだが、ほんのりと耳が赤く染まっている。

心配されるのが、気恥ずかしいのだろう。

だが俺は敢えて、彼女の横に腰を下ろす。

そしてわざとらしく、棒読みで適当な理由を告げた。

「悪い。少し疲れたから横に座るぞ」

「は？　サボり？」

「ああ。サボりだ」

「ヴァルトルーネ様に言いつけるわよ」

「小休止ってことで見逃してくれ」

「ふーん……まあ、好きにしたら」

本当に面倒な性格だ。

こうして無理やりな理由付けがなければ、横に居座らせてはくれないのだから。

吹き抜ける風で揺れる草花を眺めていると、不意に彼女は咳払《せきばら》いをし、

「……ねぇ」

「ん？」

「アンタはヴァルトルーネ様のことどう思ってるの？」

突然そんな質問をぶつけてきた。

「急になんだよ」

「いいじゃないの。どうせ小休止中なんだし」

手を動かし、視線を一瞬たりともこちらに向けないものの、ペトラは真剣な声音で聞いてくる。

俺がヴァルトルーネ皇女をどう思っているのか、か。

簡単に答えるなら『絶対の忠誠を誓う主君』ということになるのだろうが、彼女は多分そういうことを聞いているのではない。

もっと俺個人の感情部分を聞き出したいのだろう。

「ルーネ様は……俺にとって『失いたくない存在』だな」

考えに考えて、なんとか絞り出した結論は、言語で表すと凄《すご》く曖昧なものだった。

「失いたくない存在？」

「ああ。この人のために戦いたいだとか、この人の笑顔を見続けたいだとか、抱く感情は無数にあるが、その根底にあるのは――『ただ生き続けてくれればそれでいい』みたいな、そういうものなんだよ」

「全然分からないわ。そんなの当たり前のことじゃない」

「当たり前……か。確かにそうだな」

ペトラの言葉が胸に響いた。

当たり前。そう、当たり前のことだ。

でも俺にとっては特別なことでもある。

俺はヴァルトルーネ皇女を一度死なせてしまった。

守ることもできず、ただ彼女の最期を見届けることしか選べなかった。

だからもう失いたくないのだ。

――何をしても。どんな手段を用いても。俺はヴァルトルーネ皇女に死ぬことなく、幸せな未来を掴《つか》んで欲しい。

「あっ……！」

――そうか。

「え、何？」

俺が漏らした声に反応して、ペトラがこちらに視線を向ける。

俺はすぐに首を振り、軽く頭を下げた。

「悪い。なんでもない」

「はぁ。急に変な声出さないでよ。びっくりしたじゃない」

「次から気を付けるよ」

「全く……」

呆《あき》れたように目を細めるペトラに冷たい視線を浴びせられるが、俺はそんな彼女の態度に意識を向けていなかった。

「はぁ……そういうことか」

何故《なぜ》なら自分自身の行動原理を正しく理解してしまったから。

俺はヴァルトルーネ皇女の願いを叶《かな》えてあげるために動いていたんじゃない。

俺が彼女に忠誠を誓ったのは、そんな綺麗事《きれいごと》が理由ではなく、ただの自己満足だ。

『ヴァルトルーネ皇女を死なせたくない』

その一点から始まり、彼女が生き続けるためであれば、どんなことでも成し遂げる覚悟をしていたのだ。

彼女を一度死なせてしまった後悔を胸に抱き続けた。

彼女の優しさに触れてしまったからこそ、許せなかった。

彼女を殺したこの世界丸ごとを憎んでいた。

——だからこれは嫌悪する運命とやらへの反逆に違いない。

彼女の笑顔を守るためなら、どんな非道な行いでも躊躇《ちゅうちょ》せずに行える。

彼女を生かすためなら、王でも、国でも、神ですら殺せる気がする。

彼女の望みを叶えるためなら——俺は自分がどうなろうと構わない。

それこそが俺の全てであり、ヴァルトルーネ皇女に忠誠を誓うのは、彼女の幸せを願ってでもあるが、一番は俺自身のエゴでしかない。

俺は最初から、彼女のためではなく、自分自身のために動いていたのだ。

ああ、なんて醜いのだろうか。

身勝手過ぎる自分のことが心底嫌いになる。

「……ほんと、自分勝手だな」

「は？　私全然人とか殴れるけど」

「いだっ……！　ち、違う……！」

「どこが違うのよ。本心ダダ漏れよ。この馬鹿！」

自分自身に向けた罵《のの》りは、ペトラの耳に入ったせいで要らぬ誤解を招いてしまった。

いつの間にか彼女は作業を終わらせており、空いた両手は俺への攻撃に全て割り振られていた。

「はいはい。どうせ私は細かいところに拘り過ぎる身勝手な女ですよ。まあ別に、少しも気にしてないけど」

「き、気にしてないなら……殴る蹴るを止《や》めてくれ……」

「それとこれとは話が別よ」

「理不尽過ぎる……」

暴力反対。マジで痛いから勘弁してくれ。

ペトラの拳を両腕で防ぎつつ、ふと冷静さを取り戻す。

……ああ。真剣に悩んでいた空気をぶち壊して、全て忘れてしまおうだなんて、そんなことが許されるわけがないのだと。

どうでもいい普段通りのじゃれ合い。

慣れ親しんだ居心地の良いやり取りをしている間は、自分の愚かさ醜さを忘れられる。

でもペトラとのやり取りに乗じて、己への嫌悪感を誤魔化すのは絶対に違う。

馬鹿か俺は。ちゃんと向き合え。

「悪いペトラ。今のは本当に違うんだ」

「え？」

「今のはお前に向けた言葉じゃない。全部、自分自身に向けた言葉だから――」

茶化して煙《けむ》に巻こうなんて、そんな卑怯《ひきょう》な逃げは通用しない。

自分の身勝手さを忘れてしまおうだなんて、そんなことが許されるわけがない。

俺はペトラの手首を摑み、俯《うつむ》いたまま言葉を紡いだ。

「きゅ、急に真面目な顔しないでよ……調子狂うわね」

ペトラは拳の握りを弱め、最高に軽く俺の額を叩いた。

「もう作業は終わったわ。待たせて悪かったわね」

「別に待ってない」

「そういうのいいから。さっ、次のポイントに向かいましょう。日が暮れちゃうんでしょ」

俺の愚痴をペトラは自分に向けられた言葉だと未《いま》だに勘違いしたままだが、今回ばかりは本当に違う。誤解されたまま話を続けるわけにはいかない。

「待ってくれ」

「……何よ」

「俺はペトラのことを身勝手だなんて思ったことは一度もない。身勝手なのはむしろ……」

『俺の方だ』……そう言ってしまいたかったのに、最後の四文字は喉元で引っ掛かり、出てこなかった。

そうだ……ここまで全て俺の身勝手のせいで、みんなを巻き込んできた。

後々戦場で戦いたくないからという浅い理由で、大事な友人たちを帝国に呼んだ。

ペトラたちが特設新鋭軍で戦っているのも、俺が頼み込んだからだ。

俺が彼らの人生を狂わせている。

だから余計に罪悪感が心中を黒く染めていくのだ。

「ごめん……本当はもっと早く謝るべきだった」

「いや。何に対して謝られてるのか全然分かんないし」

「……俺の勝手な都合でペトラたちを巻き込んだこと。帝国に呼んだこと。特設新鋭軍に入れたこと。……それら全部だ。本来なら、ペトラたちが帝国で暮らす未来は多分なかったのに、俺が頼み込んだせいで……」

「ああもうストップ！」

「――――っ！」

つらつらと謝罪を並べる俺に対して、ペトラは大声で続く言葉を遮る。

「さっきから聞いていれば、ネガティブな言葉ばかり並べて……正直ウザい！」

「わ、悪……」

「謝るのも禁止」

ビシッと指を立てるペトラからは、有無を言わせぬ圧があった。

やはり彼女は優しい。

言い方は厳しいが、相手を思いやるという核心部分は決して揺るがない。

「だいたい、勝手に責任感じて謝ってんじゃないわよ。私もそうだし、スティアーノもフレーゲルも、アンブロスは……ちょっと何考えてるのか分かんないけど、とにかく私たちは自分で選んでアンタに付いていくことを決めたの！」

「そう、か」

「ええそうよ。だから必要のない責任を感じないで。普通に不愉快だから」

「あ、ああ……分かった」

……馬鹿。『不愉快』は一言余計だ。

でもその一言があるからこそ、気負わなくて済む一面もある。心中で『ありがとう』の言葉を述べると共に、拗《す》ね顔のペトラによるお叱りタイムが始まった。

「そもそもねぇ。私は強くなりたいから帝国に来たの！」

「というか別に、王宮魔術師に固執してたわけじゃないし。帝国の魔術師も猛者揃《もさぞろ》いで有名だったから『まあそっちでもいっか』って思ってただけだし！」

「というか……ああもう！　なんか思い出したら余計にイライラしてきたぁ！　ねぇ殴っていい？」

——前言撤回。もう十分反省したので、お説教は終わりにしてください。ごめんなさい。

6

少し長めのお説教が終わり、俺とペトラは次の目的地に向かっていた。

「ふんふんふん♪」

「…………」

言いたいことを矢継ぎ早にぶちまけたペトラは鼻を鳴らし、すっきりした面持ちで俺の前を歩く。逆に俺は予想以上の疲労が積み重なったのを感じていた。

「ほら、遅いわよ」

「歩くペースは合わせてる」

「馬鹿ね。私が合わせてあげてるのよ」

「そりゃどうも」

得意げなペトラは先程とは打って変わって上機嫌。

……流石《さすが》に喜怒が激し過ぎるだろ。

重い足をなんとか動かし、歩む速度を若干上げた。

彼女と並んで歩き、あと少しで次の目的地に到着しそう……丁度その時だった。

「ん。なんか聞こえない？」

「……確かに」

空中で風を切る音が微《かす》かに聞こえた。

二人揃《そろ》って上空を見上げると、大きな翼に尖《とが》った牙と皮膚。

それに連なる硬質的な鱗《うろこ》が瞳に映り込んだ。

「え、なんか飛んで来たんだけど……なにあれ怖っ」

「普通に特設新鋭軍の騎竜《キリュウ》だな」

小さな黒い点はやがて大きな竜のシルエットになり、俺たちの頭上で滞空する。

「おーい、アルっち！……と、ペトラちゃーん！」

巨大な騎竜に跨《また》がりながら、こちらに手をぶんぶん振るのは、笑みを浮かべるミアだった。

「ミア？」

「はぁ。別働隊が何してんのよ。サボり？」

「サ、サボりじゃないし！……う、うん」

「絶対サボりじゃない……持ち場に戻って仕事なさい」

ペトラに気圧《けお》されるミアは、ゆっくりと騎竜を地面に着地させる。

そしてそのまま、額の汗を拭うような仕草を取った。

「……ふぅ」

「そのやりきった感出すのやめなさい。アンタの無駄に綺麗《きれい》な青髪を毟《むし》り取るわよ」

「わぁーわぁーなんにも聞こえな～い！　私悪くないも－ん！」

──いや本当。何しに来たのこの子？

彼女は元々リツィアレイテと共に、ディルスト地方北部で別任務に当たっていたはずだ。

だから俺とペトラがいる南部側に顔を出すはずがないのだが……いや、考えたところで時間の無駄か。

「で。何かあったのか？」

ミアが騎竜を降りたところで尋ねると、彼女は思い出したように目を丸くした。

「あ、そうそう！　私がここに来たのは、うちらと別の部隊を探してたからなんだよ！

そう、決してサボりじゃないの。うん」

「だそうだけど、どっちだと思う」

「嘘《うそ》ってそうではある……」

「偶然ね。私もそう思うわ……」

「信用ゼロなのなんで!?　二人とも私に対する評価が酷《ひど》くない!?」

愕然《がくぜん》と肩を落とすミアを他所《よそ》に、俺とペトラは顔を見合わせる。

ミアに対する評価は一旦置いておくとして、彼女がこんな遠方まで騎竜を飛ばす理由が

あるのなら、それはかなり大事《おおごと》である可能性が高い。

「ミア。嘘を吐《つ》かず正直に言って。サボり？　それとも真剣な方？」

「真剣な方だよ！」

「なるほど。分かったわ」

ペトラは一度頷《うなず》いてから、口元に指を置き考え込むような格好になる。

「一応聞くけど、どうして別部隊を探していたの？　人員は足りているはずでしょ？」

「うーん。それがちょっと厄介なことになっちゃってさ。リツィアレイテ将軍がなるべく早く救援を呼ぶようにって……」

そこまで聞ければもう十分だった。

「敵襲か……」

「う、うん。王国戦の時にどこら辺に兵を配備するか視察してたんだけど、運悪く盗賊団と遭遇しちゃって」

「それはマズイわね……」

盗賊団は山中や海岸沿いに拠点を置いている場合が多いため、帝国内でも都市や街が少ないディルスト地方には多く盗賊が蔓延《はびこ》っている。

それに視察という名目であるため、十分な戦力は揃えていないはず。

リツィアレイテが救援を要請するわけだ。今回の任務において、盗賊団との戦闘は全く想定していない。戦力を整えてから動き出すことも可能だったが、今回は迅速な任務遂行を優先した。

　その急《せ》いた選択が裏目に出たか……最悪だな。

「戦況はどんな感じだった？」

「人数的にはかなり不利だったよ。リツィアレイテ将軍は騎竜を連れてなかったから、騎竜兵特有の爆発的火力は期待できないし。装備もかなり貧弱かも……」

「なんで騎竜持ちのアンタが加勢してないのよ……」

「えぇ！　いやいや、あの人数の盗賊相手じゃ流石に私が助けに入っても、抑えきれないって！　戦力的撤退？」

「戦略的撤退ね」

「そう。それ！」

　まともに戦っても勝てないことを悟ったから、ミアはディルスト地方内で活動している友軍を探して、救援部隊として駆けつけてもらおうとしたわけか。

「ペトラ。近くに馬は……」

「いないわ。全部他の子に預けちゃったもの」

「なら移動手段はミアの騎竜だけか……」

　この場所には俺とペトラとミアの三人だけ。

　他の兵たちを呼び戻す時間はきっとない。

「俺たちだけで……行くか。けど」

それで戦力が補完できているか怪しいところではある。

当然負けるつもりはないが、絶対勝ち切れるとも言い切れない。

それ以上に問題があるとするならば。

「クルルッ……？」

――俺が騎竜に乗れるか、否かという点だろう。

「ぐだぐだしてても時間の無駄だわ。とにかく私たちだけでも救援に向かいましょう！」

「そうだね。急がなきゃ！」

二人はもう騎竜に跨り、離陸する体勢だ。

――はぁ。選択肢はないか。

騎竜に乗る恐怖心よりも、大事な仲間を失う辛《つら》さの方が圧倒的に勝る。そもそも天秤《てんびん》にかけること自体が間違っていた。決意を固め、俺は騎竜の背に腰を下ろす。

見た目以上に地面から離れているが、大丈夫。なんとかなるはずだ。

「ミア。最速で飛ばしてくれ。絶対に助ける！」

「おっけぇ！」

深呼吸を挟みながら、前を見据える。

同時にミアが騎竜に掛けた手綱を引っ張った。

「よし行くぞポチ！　やぁ！」

「ギェェエエェッ！」

ミアの騎竜へ対するネーミングセンスに、ツッコミどころが多々あるものの、今はとにかく救援先での動きを考えるとしよう。

「アルディア。到着したらどうするの？」

「まずは上空から被害状況を確認する」

「それから？」

「騎竜が安全に降りれるポイントを俺とペトラで探して、そこから戦闘に加わるつもりだ。あまりに切迫した状況なら、安全でない場所に降りるかもしれないが……臨機応変に動き方は組み立てる」

「なるほど。ところで……」

ペトラは俺の背に手を置き、心配そうに眉を顰《ひそ》めた。

「今のアンタ凄《すご》く顔色悪いけど……大丈夫？」

「ああ。正直吐きそうで、戦闘どころじゃないかもしれない……うっ」

「え。ダサ……」

いやいや初めて騎竜に乗ったのだから仕方がないだろ。

高速で空を飛び、激しく上下に揺すられていたら、誰だって気持ち悪くなるものだろう。

馬とは乗り心地が全然違う。足場のない不安と内臓が浮き上がるような不快感は、いつまで経《た》っても拭えないものだった。

7

乱戦模様は遠目からでもはっきりと視認できた。

「見えたよ!」

弓矢と魔術の飛び交う戦場が目の前に広がる。

明らかな数的不利を背負っていたのは、リツィアレイテ率いる特設新鋭軍の兵たちだ。

「お世辞にも間に合ったとは言えなそうね」

「でもまだリツィアレイテ将軍を筆頭に奮戦してるよ!」

盗賊たちに囲まれながらも、リツィアレイテを中心に兵たちが連携を意識しながら戦い、なんとか均衡を保っている。被害状況は最低限に抑えている感じだ。

——少しでも到着が遅れていたら、リツィアレイテにも限界が来ていたな。

「ミア。ここで降りる」

「え、でも……」

戸惑いの声を上げるミアだが、下で巻き起こっている戦闘は一刻を争う状況。

降下場所を探している時間は微塵《みじん》もない。

「この高さから下に降りるってこと? 正気なの!?」

「盗賊たちは上空への警戒が薄い。今が攻め時だ」

俺は騎竜に摑《つか》まる手を離して、そのまま立ち上がる。

「ペトラ、上空から魔術での援護を頼む。ミアは隙を窺《うかが》ってリツィアレイテ将軍と合流を」

それだけ言い残し、俺は左右に手を広げて、盗賊の集団目掛けて飛び降りた。

「ちょっ、待っ！　えぇ。本当に飛び降りちゃうんだ。度胸凄いや……」

「仕方ないわよ。あのアルディアだもの」

「そっか……確かにアルっちなら仕方ないか！」

全身に風を受けながら、加速を続けて落下しているのを感じる。

高さは十数メートル程。

俺は腰に帯刀していた漆黒の剣を引き抜く。

――狙うべきは、あそこだな。

落下すべき場所は盗賊団が特設新鋭軍と睨《にら》み合っている間……の斜め後方！

静かに。けれども大胆に剣を振り上げ――。

「はぁ……っ！」

「ぐぇあっ！」

意識の外から強引に盗賊の命を刈り取った。

「おい。どうした！」

「な、なんか上から降ってきやがったぞ！」

盗賊たちの声に耳を傾けながら、衣服に着いた砂埃《すなぼこり》を軽く払う。

あのまま地面に激突して死亡する未来もあったわけだが、どうにかなったな。

「——あとは全員殺すだけか」

自分でも驚くほど冷たい声が出ていた。

周囲は敵だらけで、味方の支援は届かない位置。

「同士討ちがないのは好都合だ」

前後左右に敵しかいないのなら——思う存分敵を蹂躙《じゅうりん》できる。

生け捕りなんて択はない。

仲間が殺され、リツィアレイテの命だって危なかったのだ。

——皆殺し以外はあり得ない。

「おいおい。なんだぁ、テメェ？」

「口を慎め、盗賊風情が……貴様らは俺が全員殺す」

「はぁ？　生意気言ってんじゃねぇぞ！」

振り下ろされた斧《おの》のような武器は驚くほどに遅い。加えて軌道が真っすぐ過ぎる。

最低限の重心移動で攻撃を躱《かわ》し、相手が武器を構え直すより前に素早く一閃《いっせん》。

「がっ……」

地面には大量の鮮血がボタボタと滴り落ちる。

それを見つめながら、俺は盗賊を嘲笑《あざわら》った。

「なぁ。死ぬのは怖いか？」

「て、めぇ……ぐふっ！」

「生憎《あいにく》だが俺は怖くないぞ。貴様らみたいな害虫を駆除できるなら、命なんて惜しくない」

心が急激に冷えていくのを感じる。

俺の心の中にある正の感情は完全に消える。

あるのは純粋な殺意と燃え盛るような負の感情のみ。

剣に染み付いた汚らしい血を振り払い、俺は醜悪なまでに歪《ゆが》んだ笑みを浮かべた。

「全員あの世に送ってやる」

「たった一人で調子に乗るなよクソガキがぁ！」

「お前らこいつをぶち殺せ！」

挑発した瞬間、盗賊たちの狙いはリツィアレイテたちから俺へと移り変わる。

そうだ。それでいい。もうこれ以上仲間は死なせない。

――俺がこの剣で、この場にいる盗賊全員の首を斬り落としてやる。

8

「……アルディア殿？」

空から現れた救世主は真っ黒な衣服を翻《ひるがえ》し、盗賊の前に立ちはだかった。

『助かった』

そう感じるのとほぼ同時に、背筋を突き刺すような畏怖の感情が生まれた。

砂煙を掻《か》き分け、悠然と敵を斬る姿は専属騎士らしく敗北の香りを感じさせないもの。

……けれどもやっぱり違う。

私の知っている彼には、力強さの中に確かな温《ぬく》もりがあった。

でも今は、その温かみが全く感じられない。

足下から冷気が漂っているかのようで、ただただ残酷な強者として盗賊を斬り続けていた。荒っぽい歩き方は彼らしくない。

強引に敵との距離を詰めていく後ろ姿は危なくて見ていられない。

『私も戦わないと！』

すぐに彼のもとへ向かおうとするが、上半身が少し前のめりに倒れるだけ。

「え……どう、して?」

足が石になったかのように動かない。盗賊を牽制《けんせい》していた時は自由に駆け回れていたはずなのに、彼の剣捌《さば》きを見た瞬間から手足の震えが収まらない。

『このままじゃ駄目だ！』

『彼を止めないと！』

『私が隣で彼を支えてあげないと！』

頭では分かっているのに、手足は微動だにしない。

一滴の冷や汗が頬を伝い、自然と呼吸が乱れていくのを感じる。

「駄目です……その戦い方は……」

見たくもない未来が見えてしまう。

傷だらけになり、それでも剣を振り続ける彼の痛々しい姿が。

「もうやめて……」

掠《かす》れた声は彼の耳に届かない。

必死に手を伸ばしても、彼はどんどん離れてゆく。

耳をつんざくような断末魔と真っ赤な血飛沫《ちしぶき》が、彼を中心に広がってゆく。

──ああ。もう駄目だ。私じゃ止められない。

手足の力が抜けてゆく。

周囲の音が、色が、全て抜け落ち崩れてゆく。

「……っ」

己の無力を実感すると共に、凄惨な光景を受け入れつつある自分がいた。

何故《なぜ》彼が残虐に盗賊を狩り殺しているのか。それはきっと疲弊した私たちを守るためだ。

特設新鋭軍が盗賊たちに追い詰められている状況を彼は一人で打開し、全ての敵意を一身に受けた。

だから私たちは助かった。

でもそれでいいはずがない。

『……なんて情けない』

彼の温もりを奪ったのは私たちだ。

私がもっと強ければ、彼に無理を強《し》いることはなかった。

一人孤独に剣を振るう後ろ姿は、どこか寂しげで、彼だけが隔絶されているかのような言い表せない距離感があった。

「……こんなの私は望んでない、です」

拳を強く握り締め、震える足を無理やり動かし、一歩前に踏み出した。

このまま黙って見ているわけにはいかない。

与えられてばかりは嫌だ。私だって彼の役に立ちたい。

――だって彼は私の憧れで、いずれ並び立ちたいと思える存在だから！

「アルッ……」

「アルディア。避《よ》けなさい！　纏《まと》わりつく雑兵は私が全部焼き払うわ！」

彼の名を呼ぼうとして口を開きかけた瞬間、頭上から女性の大声が響き渡った。

直後、真っ赤な爆炎と熱風が戦地を覆い尽くした。

「――――っ！」

地面は黒く焼け焦げ、近付くのを躊躇《ためら》ってしまうほど、火柱が高く燃え盛る。

発生の予兆すら感じられない遠距離からの一撃。天を見上げると、そこには両翼を大きく動かす騎竜《キリュウ》の姿があった。

――ああ、そうか。ミアが助けを呼んできてくれたのですね。

「リツィアレイテ将軍～助けに来ましたよ～」

手を振るミアは、そのまま一直線に騎竜を急降下させる。

草地を踏む重い着地音。そして騎竜の雄叫《おたけ》びを遮るように、不満げな舌打ちがミアの後ろから聞こえてきた。

「チッ。やっぱり魔術を練る時間が足りなかったわ」

「え～でもドーンって感じでめっちゃ凄《すご》かったよ！」

「いやドーンって貴女《あなた》……伝達能力終わってるわよ？　可哀想《かわいそう》に」

「褒めたのに貶《けな》された!?」

「大丈夫よ。いつも思ってることだから」

「それは余計に失礼では!?」

軽い小芝居を挟むほど、二人には心の余裕がある。

「あ、あの！」

『彼を助けないとっ！』

そう語りかけようとしたが、私の意思を汲《く》んだように、ペトラは手のひらを顔の前に突き出し、言葉の続きを遮った。

「言いたいことは分かってるわ。立て直しの時間は私たちで稼ぐ」

「そうそう。リツィアレイテ将軍は焦らなくても大丈夫だよ！」

同調するようにミアも鼻息荒く、親指を立てる。

「二人とも……」

私は静かに目を閉じ、小さく息を漏らした。

──私は焦り過ぎていたのかもしれませんね。

「分かりました。陣形を整え次第、兵たちを率いて私も戦います。それまで彼を──アルディア殿のこと、どうかよろしくお願いします！」

そう告げると二人は黙って頷《うなず》き、そのまま特設新鋭軍を庇《かば》うように、盗賊たちの方に顔を向けた。

「ええ。任されたわ──さぁ反撃開始よ！」

「ふふんっ。久しぶりに私も本気出しちゃおっと！」

気の引き締まった叫び声。

真横を走り抜ける大柄な騎竜が、私の茶髪を大きく乱す。

二人は彼のいる位置に迷わず突っ込んでゆく。

それは私が未《いま》だ得られていない彼に対する全幅《ぜんぷく》の信頼そのもののように感じた。

──本当に羨ましい。

彼と過ごした歳月の差を実感する。

私と違って二人は動き出しに迷いがない。彼の普段とは違う一面に戸惑い、助けることを躊躇った私なんかとは、関係の深さが違うのだ。

――でも私だって。

「……これからアルディア殿のことをもっと理解したい」

呟《つぶや》いてから、サッと槍《やり》を構えた。

自分のやるべきことはもう見えた。あとはそれを実行するだけ。

「総員急いで立て直して！　怪我人《けがにん》の治療を優先しつつ、戦える者は前に集まりなさい！」

少し遅れてしまったが、私も彼を助けるために最善を尽くしたい。

特設新鋭軍を率いる将軍として、最低限それくらいはしてあげられるはずだから。

9

盗賊団なんてものは、ヴァルトルーネ皇女の敵であり処分すべき対象。

彼らはそんな道端に落ちている小石程度の存在だ。

「……おらぁ！」

盗賊の振りかぶった剣は、刃こぼれの酷《ひど》いものだった。

手入れのなされていないボロい直剣。

刀身の大部分が錆《さ》び付いており、相手を斬るというよりも、殴るという表現の方が似合いそうなものだ。

「そんな攻撃当たるわけないだろ。馬鹿なのか？」

「ちっ、ちょこまか動きやがって……」

複数の盗賊が剣を振るうが、俺の肌に掠ることすらない。

「ふっ。人数が多いだけでこの程度か」

「ば、馬鹿にしてんじゃねぇぞ！」

「死んじまえよ！　うらぁ……っ！」

盗賊たちは四方を囲い込むように動き、武器を振るう。

だが過去の戦場で、幾度となく死地を踏み越えてきた俺からすれば、

「うぉぉぉらぁぁぁぁっ！」

――粗末な攻撃をいくら繰り返そうと、当たるはずがない。

「ふっ！」

「あがっ……!?」

黒い剣が盗賊の腹部を貫き、粘性の高い血飛沫が顔に付着する。

服に滲《にじ》んだ血の跡が広がり続けるのを少しだけ眺めて、俺は一気に剣を引き抜いた。

「うっ……あっ……んがっ！」

千鳥足で揺れる盗賊の一人を、そのまま遠くまで蹴飛ばし、軽く息を吐いた。

「……ふぅ」

――本物の戦場はこんな生ぬるいものじゃなかった。

目の前で仲間の死を嘆く。そんな隙だらけの愚者は真っ先に死ぬ。

死を恐れず、痛みに慣れ、敵を討つ。

それが残酷な戦場で生き残る唯一の方法。

最後に生き残るのは――全てを失っても、進み続ける孤独な強者だけだ。

だから俺が負けることはない。

俺は誰にも頼らず、一人で戦場の不利を覆《くつがえ》せる。

「殺す……ルーネ様の害悪にしかならない貴様らは、この場で一人残らず葬り去る」

「こいつ……ヤベェよ……」

「人殺しだ……！」

――人殺し。なるほど、言い得て妙だな。

「ふっ……はは っ！」

「――――！」

思わず笑みが溢《あふ》れてしまう。

――ああ、そうだ。

彼らの言う通り、俺は清廉さの欠片《かけら》もない人殺し。

「ははははは っ！」

――俺にあるのは殺意に溺れた醜い怪物としての自分のみ。

「な、なにを笑ってやがる！」

「いや、自分の醜悪さを思い出してしまっただけだ。どうせ死ぬんだから気にするなよ」

「なっ……！」

盗賊たちの青ざめた顔を流し見て、頬に染み付いた返り血をソッと拭う。

今でこそ『ヴァルトルーネ皇女に仕える専属騎士』なんて大層な肩書きを得たが、かつては目的もなく敵を殺して回っていた正真正銘の殺人鬼だった。

逆行前は、帝国の人間に『冷徹なる黒衣の魔王』なんて呼ばれていた。中々酷い呼び名だったが、醜悪な俺にはお似合いなのだろうな。

そして殺戮《さつりく》を躊躇《ちゅうちょ》なく行える自分を見て思う。

『きっと俺は変われないのだろう』と。

俯《うつむ》き地面に視線を落とすと、血溜《ちだ》まりに映る醜い人殺しの顔が見えた。

人を殺して、殺して、殺して……俺はいつしか戦場での恐怖心を完全に失っていた。

──俺はヴァルトルーネ皇女を守るために、敵を殺すことしかできない。

貴族らしい覚悟もなければ、紳士らしく振る舞う素養もない。俺はこの身にある力を最大限活用し、降り掛かる火の粉を払い続けることで己の存在価値を見出《みいだ》すのだ。

「殺しこそが俺の生き甲斐《がい》……すなわち俺は貴様らを殺す冷酷な人間だ」

剣を差し向けると、盗賊たちは恐怖に染まったような表情を浮かべる。

「悪いな……俺の我儘《わがまま》に付き合って、ここで死んでくれ」

「────っ！」

素早く前に踏み込み、一人、また一人と盗賊の首を斬り捨てる。

「ぐぁっ！」

「ウゴッ……！」

「ぎゃぁぁぁ！」

「……見つけた」

四方を囲む盗賊の隙間をすり抜け、指揮系統を担っているであろう男の首を狙う。

「貴様がこの集団のリーダーだな」

「──と、取り囲めッ！」

男の叫びに盗賊たちは一気にこちらへと詰め寄ってくる。

「無駄なことを……」

抵抗しても意味などない。

彼らはここで全員死ぬ運命なのだから。

「うぐッ……！」

「ぎゃぁぁぁッ!!」

体勢を低く下げ、そのまま密集する盗賊たちの四肢を一気に切り裂く。

「雑魚《ざこ》が何十人集まろうと、俺は止められない」

「お、前……」

「死ね」

「あがッ」

野太い悲鳴が、戦場に漂うボルテージを一気に引き上げ、酔いしれるくらいの高揚感を俺に与えてくれる。手が血に塗《まみ》れて赤く染まり、彼らの絶望を間近で感じる度に、剣を振るうペースは次第に上がっていった。

「お、お前……人の心というものがっ！　あげぇっ！」

盗賊の喉元に剣を突き刺し、底冷えする声で瀕死《ひんし》の男に囁《ささや》く。

「盗賊風情が道徳心を語るな……反吐《へど》が出る」

「ふぎゅっ……ぁ……っ」

「そうだ。黙って俺に殺されていろ……それが貴様らに唯一許された存在価値だ」

剣を引き抜き、盗賊の身から溢れ出す血の雨を一身に浴び、俺は次の標的に視線を向けた。

――人の心だって？　そんなものを俺に求めるのは間違っている。

どれだけ苦しそうな悲鳴を聞こうと。

どれだけ憎しみを向けられようと。

俺の心は一ミリたりとも揺れ動かない。

「うッ！」

「ぐがッ！」

「……ん？」

強引に振り回したせいで剣の刃先が欠けてしまった。

しかし生臭い血溜まりには多くの得物が落ちている。俺は丈夫そうな戦斧《せんぷ》を拾い上げ、

「……まあこれでも問題ないか」

「ぐぎゃあぁッ！」

再度盗賊たちの殺戮を始める。

血と泥が纏《まと》わりつく靴で敵の頭部を蹴り上げ、戦斧を鈍器のように振りかざす。

「死ね。死ね。死ね。死ね。死ねッ!!」

呪詛《じゅそ》のように言葉を紡ぎ続け、恐怖に染まる盗賊を容赦なく、斬り殺す。

俺の行動原理はたった一つ。

「大切なものを守るために全ての敵を殺す……それが俺だ」

奪われる前に奪うのは、当たり前のこと。それが戦いの本質だ。

盗賊の癖に、殺し合いに怯《おび》え震えるなんて、実に滑稽な話だと思う。

「ひぃーっ！　なぁ。もう許してくれよ！　ウブッ！」

「死にたく、な……い」

――ああ痛快だ。泣き叫ぶ敵を殺すのはどうしてこんなにも気持ちがいいのだろうか。

愉悦に浸り、戦斧を構え直していると、後方からの猛烈な殺気を感じた。

「調子に乗るんじゃねぇぞ！」

死角から現れた盗賊の攻撃が左脇腹を掠《かす》る。

「ふっ、どうだ！」

「…………」

左脇腹の傷口からは血が滴り、激しい熱と痛みを感じるが、

「……ははっ」

「——なんっ!?」

今の俺にとって、この身に怪我を負うことなど至極どうでもいい。

盗賊を回し蹴りで吹き飛ばし、傷口を軽く手で押さえる。

「こんな傷何度だって負ってきたさ」

この痛みにはもう慣れた。

悶《もだ》え苦しむほどの激しい痛みがなければ、俺はなんら支障なく戦闘を続けられる。

「何を怯えている？　殺し合いを続けようじゃないか」

「なん、だよ……コイツ」

足を止めている時間すら惜しい。

もっと速く、多く、目の前の敵を殺したい。

温かな血を浴び続けていたい。

悪人が苦しむ悲鳴を聞いていたい。

動きの精細さを追い求めるのは、もう終わりだ。

ここからはより乱暴に、世界一泥臭く汚らしい戦い方で終止符を打とう。

10

目の前で敵を切り刻むアルディアは、士官学校の頃に私が憧れた人ではなかった。

常に冷静で、自らが負うリスクは最低限に抑え、華麗な剣舞で敵を圧倒する。

私が憧れたアルディア＝グレーツは、とても理性的で息を乱すことのないスマートな男だと、そう思っていた。

「……何よ、あれ」

盗賊を無慈悲に斬り殺す彼の姿に、私は驚きを隠せなかった。

長年付き合ってきた彼とは思えないほど、乱暴で残忍な戦い方。

身体中《からだじゅう》に返り血を浴び、真っ赤な瞳が不気味に揺れている。

「何、やってんのよ。あの馬鹿は」

剣を握った彼は誰よりも強い。

数多《あまた》の盗賊たちに四方を囲まれていても、負ける気配は微塵《みじん》もない。

孤独に苛烈に彼の振るう武技は数多の血肉を撒《ま》き散らす。

でもその姿は目を背けたくなるほど痛々しく、たとえ彼が負けないと分かっていても、燻《くすぶ》る感情は抑えられなかった。

「……認めないわ」

自分の身を労《いた》わらない彼の強引な戦い方が許せなかった。

強く拳を握り締め、非道な殺戮を繰り返す彼を止めるため、私はすぐに駆け出した。

「えっ、ペトラちゃん!?」

驚いたようなミアの声に振り返ることもなく、荒ぶる彼のもとへと走る。

——許さないわ。アンタが傷付くのを私は望まない！

「もっと自分を大事にしなさいよ……何のために私が帝国に来たと思っているのよ」

私はアンタの、どんな障壁にも立ち向かう真っすぐで勇敢な姿に心底惚《ほ》れ込んだの。

それなのに、

「……今のアンタは、何かに怯えているみたいじゃない」

私はアルディア＝グレーツの弱さなんて見たくないし、知りたくもない。

このまま何もせず、ただ眺めていたら、私の知る強い彼が完全に消えてしまう気がした。

だからこれ以上、アンタの好き勝手にはさせない。

この私がわざわざ帝国に来てやったんだから、アンタは私が満足するその日まで、私の憧れた強いアルディアのままでいなさいよ。

——アンタを超えて、最強の魔術師になることが私の夢なんだから。

11

必死の形相《ぎょうそう》をした金髪の少女は、呼び止める声も聞かずに駆け出した。

「えっ、ペトラちゃん!?」

アルっちの豹変《ひょうへん》ぶりを見た彼女の動揺が、よく伝わってきた。

――ペトラちゃんはきっとアルっちが悪い方向に変わるのが嫌なのだろう。

彼女の考えはよく分かる。大事な友達があんな風に自ら傷を負うような戦い方をしていれば、全力で止めに入ろうと思うのはごくごく自然なこと。

……だけど、私は知っている。

アルっちの見せている今の姿は、彼が元々持っていたものだと。

彼は現在進行形で変化を遂げているのではなく、元々狂気を宿していたのだ。

――まさかこんなに早い段階で発現しちゃうとは思ってなかったけど、私的には彼の激情に任せた荒っぽい姿は想定していた通りのもの。

ただ今のアルっちは、私が想定していたよりも遥《はる》かに強く、闇深い感情を宿しているようだった。

「マズイなぁ、この流れ。下手すると二次災害に発展するかも」

杞憂《きゆう》に頭を悩ませつつ、現状を俯瞰《ふかん》すると、私はペトラちゃんみたいに駆け出すことはできなかった。

「どうしよう」

彼の暴走を止めても、同じことは必ず起こる。

荒ぶる『魔王』を完全に鎮めることは、私たちには不可能なのだ。

それでも今の惨状を見て、大人しく静観することはできない。

「……まぁ。私も、行くかな」

騎竜《キリュウ》の首筋を撫《な》で、手綱を強く引く。

「さっ。行くよポチ。ピンチの主人公を救いに！」

「グルルッ！」

「まあ、私はヒロインじゃないんだけどね～」

鋼鉄にも勝る硬化な竜鱗《りゅうりん》をうねらせて、愛竜は鼻息荒く、鋭い爪で地面を抉《えぐ》る。

「ギエエエエエッ!!」

「あはは！　その鳴き方は相変わらず耳に響くなぁ！」

愛竜の雄叫《おたけ》びに片耳を手で覆いつつ、先行して走る女の子の背を追う。

「さてさて。ペトラちゃんは真っすぐ行きそうだけど、私はどっから斬り込もっか。ああなったアルっちは近付くだけでも危ないし、あの暴走モードを鎮める方法も知らないしなぁ……ペトラちゃんと一緒に無理突する？　いやいや盗賊諸共《もろとも》人肉ミンチになっちゃいそう。回り込んでも盗賊に囲まれたりしてキツそーだし、今回の戦況だと遠巻きに援護したほうが盗賊を殲滅《せんめつ》する期待値は高めかも。ただアルっちの動きが化け物じみてるから下手な介入は裏目りそう」

——変に戦闘に入り込むと、あの時みたいに無様な死に様を晒《さら》しちゃいそうだし。

「……それに、私も熱くなっちゃうと、劣化版アルっちみたいに動くしなぁ」

「クルルッ？」

「ん、ポチは心配してくれるの？　きゃーうちの子は本当に超絶可愛《かわい》いなぁ！」

心配そうな声で鳴くポチを全力で可愛がりつつ、私は深く息を吸い込んだ。

「大丈夫だよ。今回は変な死に方しないからさ。ポチのことも絶対に死なせないし、アルっちたちの行く末もちゃんと見守るつもりだもん」

「グギュッ？」

「——だからまあ。こういう時は難しく考えず、いつも通りで行こっか！」

賑《にぎ》やかしポジな私にやれることは、頭空っぽそうな振る舞いで騒ぐことくらいだと相場が決まっている。それ以上のことは私の管轄ではないし、やれる気もしない。

だって彼を真に救えるのはこの世界でただ一人しかいないんだから。

「まずは冷静にリツィアレイテ将軍と合流かな。あとはパーッとやっちゃいますか！」

彼の心を摑《つか》んでいる救世主が誰なのかを知りながらも、私は普段通りの無知で馬鹿なミアを装い、無鉄砲な突撃をする。

アルっちの暴走は必ず止めてみせるよ。

少なくとも今回は、私たちにしかできないことだからね。

12

盗賊たちを捩《ね》じ伏せるために剣を構え直し、傍若無人な殺戮《さつりく》を強行しようとした時だった──背後から微《かす》かに魔術の気配を感じた。

「アルディア。避《よ》けなさい！　纏わりつく雑兵は私が全部焼き払うわ！」

「────っ！」

真っ暗な奈落に意識を落とそうとする寸前のことだった。

未熟な俺に活を入れるような頼もしい仲間の声が耳に届き、俺の独りよがりな考えは綺《き》麗《れい》に払拭された。

「ぺ、トラ……」

忘れていたわけじゃなかった。

頼りになる仲間がいることも。

俺は孤独じゃないことも。

この世界は以前の壊れ切った地獄ではないということも、理解していたつもりだった。

「……ごめん」

けれど弱い俺は恐れてしまっていた。大事な人を巻き込んで、失ってしまうことが怖くて、だからなるべく自分一人で問題解決を図ろうと躍起になっていた。

──何もかもを一人でこなそうだなんて、絶対無理なことなのに。

彼女の放った魔術による炎は広く燃え広がり、俺と盗賊が接敵するのを遮断していた。

リツィアレイテと暫《しば》し会話を交わした後に、ペトラは真っすぐこちらへと駆けてくる。

そして、

「バーカ。突っ込み過ぎ！　この考えなしっ！」

背には彼女の拳が軽く添えられる。

「悪い。夢中になると周りが見えなくなるんだ」

「知ってるわよ」

俺の気持ちを察してか、ペトラの目は少しだけ潤んでいた。

「余計な心配させんな」

「堪《こら》え性《しょう》がなくてな。すまん」

そう答えるとペトラは「ふん」と鼻を鳴らし、何事も無かったかのように火の手が回る盗賊サイドに睨《にら》みを利かせた。

「ペトラちゃーん！　騎竜より足速いのマジで意味分かんないんだけど～」

少し遅れて騎竜に乗ったミアもやってくる。

「その騎竜が鈍足なだけじゃないの？」

「ポ、ポチは足速いもん！」

「はいはい。分かった分かった」

「むぅ～」

拗《す》ねたように頬を膨らませるミアに、苦笑いを浮かべるペトラ。

気が付けば、波立っていた荒い感情は綺麗さっぱり消滅していた。

手に纏《まと》わりついて離れない鮮血は相変わらず取れないものの、その真っ赤な色を瞳に入れても、俺は理性を保ち続けられた。

二人が来てくれたおかげで、幾分か冷静さを取り戻せたのだろう。

ここから先は俺一人での戦いはしない。

二人が『頼れ』という視線を向けてくるのなら、俺はその手を遠慮なく摑む。

「ペトラ、ミア。このまま残った盗賊を殲滅する。援護を頼めるか？」

告げると二人は顔を見合わせ、それから笑みを浮かべた。

「ふっ。今更何を言ってるのよ」

「もう。アルっちは分かってないなぁ」

言葉を交わさずとも理解し合える関係。

二人の穏やかな表情を見て俺はそう読み取り、拾った戦斧《せんぷ》を構え直した。

「よし。ならこの勢いのまま……」

『敵を殲滅するぞ』……と言いかけたのも束《つか》の間《ま》。

二人は俺が号令を出す前に、その場から忽然《こつぜん》と消えていた。

「……え、は？」

——あいつらどこ行ったんだ？

辺り一帯を見渡すと、二人は既に盗賊の目前まで迫っており、意気揚々と同時に叫ぶ。

「当然、私が敵を一番多く倒すに決まっているじゃない！」

「当然、私が敵を一番多く倒すに決まってんじゃん！」

まさかの指示無視強攻策。

各々《おのおの》が戦闘態勢に入り、そのまま盗賊との競り合いが再開される。

「ふん！　武功は全て私のものよ！」

ペトラは自慢の魔術を接近戦でも乱発し、盗賊たちを次々討ち取ってゆく。

「へへ～アルっちに手柄を独り占めなんてさせないもんね！　おりゃぁ……っ！」

ミアも騎竜に乗りながら器用に弓を射て敵陣を破壊する。

容赦なく盗賊を薙《な》ぎ倒し、前線を押し上げる二人に俺は頭を抱えた。

──なぁ。俺の感動を返してくれないか？

先程までの俺もだいぶ身勝手だったが、二人も大概だと思う。

地を削り、敵を穿《うが》つ二人の奮戦を冷めた目で眺めていると、後方からもやる気に満ちた兵たちの雄叫びが響き渡る。

「総員。攻撃開始ッ！」

リツィアレイテを筆頭に、特設新鋭軍の兵たちが盗賊の方へ続々と流れ込む。

「うぁぁぁぁぁぁ!!」

「一気に押し込め！」

「あの二人に続け～！」

「怯《ひる》むな！　進め～ッ！」

立ち尽くす俺の横をリツィアレイテと多くの兵たちが通り過ぎる。

「アルディア殿。残りは私たちが」

彼女はそう小さく囁《ささや》き、そのままペトラとミアの加勢に入った。

――もう俺の出る幕は無さそうだな。

形勢は完全に逆転。

盗賊団は総崩れとなり、ちらほら敗走する者も見える。

撤退を急ぐ盗賊と鬼のような猛攻を続ける兵たちが追い回すような図が出来上がり、一方的な攻勢が続いた末、特設新鋭軍は見事に盗賊団を殲滅し切ったのだった。

13

盗賊団。生存者ゼロ。

ディルスト地方の平野には、多くの死体が散らばっていた。

特設新鋭軍側にも多数の死傷者が出てしまったが、人数不利を背負いながらも最小限の被害で乗り切ったのは、不幸中の幸いと言えよう。

「……ふぅ。案外楽勝だったわね」

「まあ、アルっちがだいぶ人数減らしてたからね～」

起死回生の戦いぶりをしたペトラとミアは涼しい顔で、容器に入った水を飲む。

窮地を乗り切り、不安はもうない。

だが「結果オーライ」で、俺の暴走全てが許されることは当然あり得ない。

「……でも一人で暴走する馬鹿はしっかり反省しないと駄目よね」

「あー確かに。空から見ててめっちゃ冷や冷やしてたもん」

大活躍だった二人の視線はゆっくりこちらに向けられる。

「……悪かった」

『暴走した馬鹿《俺》』に対する二人の対応は実に冷ややかなものだった。

厳しい戦いに勝ったはずなのに、生きた心地がしない。

「はぁ。全く……この大馬鹿者」

「この件はヴァルトルーネ様にも報告するから。覚悟しといてよね♪」

言い返す言葉は何一つない。

ペトラとミアは俺を心の底から心配してくれているからこそ、今こうして怒りを露《あら》わにしている。

瞬《まばた》きすら許されていないかのような激しい重圧を感じつつ、俺は反省の意を込め、深々と頭を下げた。

「面目次第もない」

そして当然、俺の独断専行に文句を言いたい人は山ほどいるわけで、リツィアレイテもまた、頭を下げた俺の前に立ち、震えた手つきで俺の背をそっと撫《な》でる。

「本当にそうですよ？　アルディア殿が一人で盗賊と戦っているのを見た時は、生きた心地がしませんでした……」

彼女は若干涙目で、懇々と言葉を紡ぐ。

「もう。ああいうのは止《や》めてくださいね」

静かに、そして切実に語りかけてくる彼女の言葉を聞き、流石《さすが》に罪悪感が溢《あふ》れ止まらない。

「約束してください。もうあんな無茶をしないと」

「……はい」

喉奥が渇き、それ以上の言葉は返せなかった。

「……あと一つ」

リツィアレイテは俺の肩に手を置き、耳元で穏やかな声音で囁いた。

「――助けに来てくれてありがとうございます」

第三章　受け継がれし支配者の魂

1

ディルスト地方で盗賊たちとの戦闘を終えた一週間後のこと。

俺は城の裏手にある人気《ひとけ》のない用具倉庫前に呼び出されていた。

何用かと思考を巡らせると、盗賊との戦闘で暴走してしまったことが思い浮かぶ。

帝城に帰還すると、ヴァルトルーネ皇女にも叱られた。

『アルはこれから、単独戦闘禁止よ。分かった？』

まるで子供を窘《たしな》めるように、静かに言い含める彼女の顔を思い出す。

──罰として何かさせられるのだろうか。

漠然とそんなことを考え、俺は深いため息を吐き出した。

若干の覚悟を胸に、用具倉庫前へと向かうと、意外な人物が待っていた。

「あ、お兄さん！　こっちこっち～」

「……ファディ」

手招きされ、渋々彼の近くに足を進める。

「……何故《なぜ》ここにいるんだ？」

「俺もお兄さんと同じですよ」

「ルーネ様に呼び出されたと？」

「はい。そうです！」

ケラケラと笑うファディは周囲を見回し、怪訝《けげん》そうに眉を顰《ひそ》める。

「それにしても来ないですね～」

「まあ、ルーネ様は忙し……」

「ヴァルトルーネ様もそうですけど、別にもう一人来るんですよ」

疑念だらけの言葉に俺は小首を傾《かし》げた。

「もう一人？」

「ヴァルトルーネ様から何も聞いてないんですか？」

「ああ」

そもそも呼び出されたのは俺一人だけだと思っていた。

しかし俺の他にも人が集められたということは懲罰掃除とかではない、のか。

駄目だ。ヴァルトルーネ皇女の意図がさっぱり読めない。

「一応他に誰が来るのか聞いても？」

尋ねるとファディは自らの赤髪を弄《いじ》りながらボソッと呟《つぶや》く。

「フレーゲルさんですけど」

なるほど。何に関する人選なのか全く予想できない。

暫《しばら》く待っていると、ファディの言っていた通り、息を上げたフレーゲルが汗を拭いながら現れる。

「よう」

「なんで平然といるんだよ……」

「フレーゲルさん！　俺もいますよ～！」

「うわ。面倒そうなのもいるし……」

「はは～俺の前評判結構酷《ひど》めですね～。普通に泣きそ～♪」

げんなりした面持ちのフレーゲルと、皮肉を言われてもケロッとしているファディ。

見るからに真逆な性格の二人だが、大丈夫なのか。二人のチグハグなやり取りに気を取られていると、気付かぬ間に何者かが俺の肩を勢いよく叩《たた》く。

「……お待たせせっ」

「――っ殿下!?」

ビクッと肩を震わせ、振り向くとそこには少し頬を膨らませたヴァルトルーネ皇女が立っていた。そして呼び方に不満があるのか、彼女は不穏な空気を漂わせている。

「あらアル。私のこと、今なんて呼んだの？」

「し、失礼致しました。ルーネ様」

「ふふっ。よろしい」

揶揄《からか》うような微笑《ほほえ》みを浮かべる彼女は、俺たち三人へ順に視線を向けた。

「うん！　これで全員ね」

指折り人数を確認した後、彼女は一息し、

「ではこれより、特設新鋭軍諜報員《ちょうほういん》補充作戦を開始します！」

いきなり突拍子もないことを言い出した。

2

ヴァルトルーネ皇女は誰よりも行動力がある。

時には軍を率いて戦場に立ち、時には知略を活《い》かして内政へも積極的に取り組む。

そんな何事にも全力を尽くす彼女を、俺は傍らで支え続けていくと心の底から誓っていた。

……がしかし、今回の話はその決意の裏をかくもの。

つまり計画段階を知らない初耳の作戦なのだ。

「特設新鋭軍諜報員補充作戦？」

「……って何の話です？」

俺とフレーゲルは同時に首を傾げ、視線で説明を求める。

「詳しい話は中でしましょうか」

ヴァルトルーネ皇女は用具倉庫を指差し、ファディに瞬きで合図を送る。

すぐにファディは懐《ふところ》から用具倉庫の鍵を取り出し、扉を開いてわざとらしく歓迎ポーズを見せつけてくる。

「はーい。ではでは中へどうぞ～♪」

――うわ……何か嫌な予感しかしない。

ファディのおちゃらけた態度が、俺たちの不安を煽《あお》る。

「なぁアルディア。俺帰りたいんだけど」

「偶然だな。実は俺も同じことを考えていた」

この概要不明な怪しい作戦は間違いなくファディが持ち込んだ面倒な問題が絡んでいる。

そんな気がして、気分も足も今日一で重たくなった。

「ああそれと言い忘れていたわ」

用具倉庫への入室を渋る俺たちにヴァルトルーネ皇女は、まるで純真無垢《むく》な明るい笑みを向ける。

「これはごく一部の者しか知らない極秘任務よ。だから途中退場は重い処罰の対象になってしまうわ」

「……え」

「それ、強制ってやつじゃ……」

言われて俺とフレーゲルは顔を青色に染める。

――この場所に来た時点で、俺たちは怪しげな企《たくら》みに加担すること確定かよ。

「だからね？　アル。悪いことは言わないから一緒にね？」

彼女は俺の背にそっと手を置く。

『絶対に逃がさない』

そんな強い意志を触れた手のひらからヒシヒシと感じる。

その時点で俺は諦めモードに突入し、フレーゲルに哀れみの視線を向けた。

「フレーゲル。もう諦めろ……」

「はぁ……」

彼も降参と言わんばかりに両手を軽く挙げ、そのまま気怠《けだる》そうに歩く。

「ありがとうアル」

「まあ専属騎士ですから」

そもそも彼女から協力を申し出られた時点で、俺に選択肢なんてない。

彼女の望み通り『特設新鋭軍諜報員補充作戦』とやらを成功に導く——その一択だけだ。

「ふふっ。期待しているわ」

「精一杯尽力します」

口元に手をやり、柔らかな笑みを浮かべるヴァルトルーネ皇女とは対照的に、俺は堅い雰囲気を醸し出しながら、彼女へ最大限協力をすると誓ってみせた。

3

「じゃあ。作戦の詳細説明を始めるわ。ファディの伝手《つて》を利用して、諜報《ちょうほう》活動の得意な者たちを特設新鋭軍の戦力に加える。以上よ！」

「ん～そういうことでぇす！」

――驚くほど簡潔な説明だった。

詳細説明という言葉の意味を疑いそうになるほど、大雑把にしかやるべきことが分からない。

「あの。その説明だと極秘任務である意図が読めません。仲間を増やすだけなら、ひっそり動く必要もないかと」

「アルの言うことも一理あるわ。でもよくよく考えてみて。私はファディの伝手を利用すると言ったのよ。それはつまり――」

彼女の言いたいことがなんとなく分かってしまった。

ファディの伝手を利用するイコール、帝国内の裏側で生きる曲者《くせもの》たちとの接触を意味している。

彼女の身分を鑑みると、それは大きなリスクを伴う行為。

「……正気ですか」

「ええ。悩みに悩んだ末に下した苦渋の決断よ」

「……心中お察しします」

なんだ。彼女も被害者側か。

ファディに頼み込まれて、昔の仲間も特設新鋭軍の一員にして欲しいと懇願されれば、責任感の強い彼女は多分断れない。

ファディを懐柔した以上、彼の言葉を無下にはできないからだ。

彼女のこめかみを押さえる仕草を見て、同情と安堵《あんど》の息を零《こぼ》した。

「ファディ。ルーネ様をあまり困らせないでくれないか？」

「えぇ!?　このタイミングで俺に罪全被《ぜんかぶ》せする感じなんだ！」

「ありがとうアル。実は心底困り果てていたのよ……助かったわ」

「手首の回転速過ぎですって……お兄さーん。それ騙《だま》されてますよ～？」

抗議の言葉に俺は小首を傾げる。

「何を言っているんだ？　ルーネ様が俺に嘘《うそ》を吐《つ》くわけないだろ？」

言い終えて反応を窺《うかが》うと、ファディの全てを悟ったような真顔が瞳に映った。

「駄目だこれ……完全に飼い慣らされてる」

「ふふっ。流石《さすが》は私の専属騎士ね」

「小悪魔風の皇女様怖いわぁ……そのうちお兄さん使って『今から世界征服を目指すわ』とか言っちゃいそうだし」

「あらよく分かったわね。見かけによらず知的なの？」

「ちょっ、適当話を真《ま》に受けないでくださいね!?　あ、これ振りじゃないですよ！」

早口で捲《まく》し立てるファディは、ヴァルトルーネ皇女に終始圧倒されっぱなしだった。

流石は次期皇帝となる御方《おかた》。発言のベクトルが別格である。

「……さて。遊びの時間はここまでよ！」

「あーあ。繕うことなく遊びって言い切っちゃったよ」

自分で始めて、自分で締める。

これが皇帝の器たる彼女にのみ許された空間支配能力か。

「流石でございます。ルーネ様」

「いやどこに褒める要素ありました？　忠誠重過ぎて全肯定してるじゃん……」

「あのー。それまだやるんですか。そろそろ本題に入ってくれるとありがたいんですが」

フレーゲルの正論が突き刺さり、馬鹿げた茶番劇は幕を下ろす。

そろそろ重々しい緊張感も解け、いい頃合いだ。

「……それでルーネ様。先程おっしゃられていたファディの伝手を利用するというのは冗談などではないのですね？」

声音は真面目なものへと完全に切り替え、俺の瞳は高潔な主君に向く。

ヴァルトルーネ皇女も俺の言葉を受け、凛《りん》とした佇《たたず》まいを貫いた。

「ええ。リスクは承知の上で、今回の戦力増強を考えているわ」

「……承知致しました」

彼女は常々、特設新鋭軍の規模を徐々に拡大していきたいと話していたし、遅かれ早かれ、裏社会の人間と繫《つな》がりを持つのは予測していたことだ。

そして彼女の覚悟も、今の面持ちを見れば生半可でないと分かる。

「ファディは裏組織の人間と強い繫がりを持っているわ。リゲル侯爵との一戦を繰り広げる前は、とある組織に所属していたそうよ」

「とある組織？」

「ええ。帝国三大裏組織の一つ『白煙《はくえん》の蜥蜴《とかげ》』――ファディはその組織の元頭領なの」

「――っ」

名の知れた一人の暗殺者。

それが俺の知るファディの評判だった。

しかし本当の彼は、そんなありきたりな肩書きに収まる人間ではなかったのだ。

彼女がファディを仲間に引き入れたがっていた真の目的は、彼の持つ裏社会とのパイプ。

……俺は大きく見誤っていた。

彼女の専属騎士となり、初めてファディと接触することを決めた時。

俺が持つ彼への期待値はそれほど高くなかった。

実力未知数な相手だったのだ。当然のことだろう。

けれども、彼女がファディを執拗《しつよう》なまでに求めていた理由が今ならよく分かる。

――弱みを知り尽くしていて引き入れやすい、かつ帝国の裏側で暗躍していた超大物。

ファディという戦力獲得が及ぼす影響の大きさを、ヴァルトルーネ皇女は誰よりも知っていたのだ。

過去の知識を持ちながら、帝国の事情を深く理解している彼女だけが辿《たど》り着ける最適解。

俺では絶対に導き出せない答えだった。

俺は目を見開き、今もなお力強い眼差《まなざ》しを揺るがさないヴァルトルーネ皇女をジッと見つめた。

「……最初から全部分かっていたのですか？」

戸惑いの表情を浮かべて問いかけると、俺の言いたいことを瞬時に理解した彼女は、ゆっくりと頷《うなず》く。

「ええ。全て計画通りよ」

「――ッ。凄《すご》い」

「そんなことないけれど……でも貴方《あなた》に褒められると気分が良いわね」

賛美の言葉を掛けると、彼女は嬉《うれ》しそうに頬を赤らめ微笑《ほほえ》んだ。

そんな俺たちの会話を聞いていたファディとフレーゲルは、話の流れを摑《つか》めておらず、

「……あの、今のは何の話です？」

「二人の間で意思疎通を図られても困るんですけど……」

揃《そろ》って釈然としていないような顔をしていた。

「ごめんなさい。こっちの話だから気にしないで」

急ぎヴァルトルーネ皇女が手を振り誤魔化すと、余計に二人の視線は鋭いものへと変化する。

「なんか……」

「あーやーしぃー」

「本当に何でもないのよ」

苦笑いを浮かべるヴァルトルーネ皇女は助けを求めるように、服の裾を手で引いてくる。

「アル……」

見上げられてしまうと、助け舟を出さざるを得なくなってしまう。

口元に人差し指の第二関節を当て、乾ききった喉を震わせ、大きめに咳《せ》き込む。

「……何だよ」

「いや、ルーネ様が困っているからその辺りで」

「じゃあ何を話していたのか、お前が説明しろ」

「…………」

『ヴァルトルーネ皇女がファディを仲間に引き入れたのは『白煙の蜥蜴』を丸ごと懐柔できる可能性があったから』なんてことを軽々しく話せるわけもなく、フレーゲルの問い詰めに言葉が出なかった。

しかし黙りっぱなしも不信感を増幅させるだけ。

なんとか頭を捻《ひね》り、答えを絞り出した結果。

「お前の参加理由がな……」

「は、俺？」

「ああ。今回の新戦力獲得を実現できたら、お前の実績になるんじゃないかと、そうルーネ様がおっしゃられていたんだよ」

全然別の内容を語ることとなった。

ただ嘘は言っていない。現にもし今回の計画にフレーゲルを巻き込むのだとしたら、そういう実績を積ませるのが目的だろうし。

言い終えると、フレーゲルは呆然《ぼうぜん》とした面持ちで目を見開いた。

「それって……」

「王国貴族の地位を捨てたお前が、元婚約者との仲を再構築するチャンスってことだ」

ライン公爵家のマリアナ嬢との婚約関係を再び結ぶ。

それこそがフレーゲルが王国貴族としての地位を捨ててまで帝国に来た一番の目的。

「そ、そう！　実はその話をしていたのよ！」

ここぞとばかりにヴァルトルーネ皇女は俺の話に乗った。

「ルーネ様はお前の将来を真剣に考えてくれている」

「──っ！」

「今回ファディの伝手を利用したのも、お前にこの帝国で揺るぎない地位を確立させたいと考えた結果だ。彼女はリスクを冒してまで、お前とマリアナ嬢を応援している」

スラスラと言葉は紡がれる。

……全部俺が考えた理想論ではあるが。

「確かにそれは凄い、な……本当に感謝の念に堪《た》えない」

「ああ。そうだろ?」

しかし、その都合の良過ぎる理想論も、フレーゲルに対しては効果抜群。

「そういうことなら、隠さず話してくれれば良かったのに」

「ルーネ様は自分の功績をあまりひけらかさない。その辺は察してくれ」

「ああ。今後は気を付ける——それから今回の件、俺は全力で取り組むと誓う!」

話は簡単に逸《そ》らせた。加えてフレーゲルのやる気を引き出すことにも成功。

我ながら良くやったと思う。

ファディは未《いま》だ懐疑的な面持ちだが、フレーゲルが俺の作り話に納得したため、追及する姿勢は無くなっていた。

「……んじゃ、ぱっぱと本題進めちゃいましょ」

「そうね」

投げやりなファディの言葉に頷いて、彼女は説明の続きを始めた。

4

裏組織とは存在そのものが公《おおやけ》に認められていない集団のことである。

彼らは世界の外れ値として、日陰で生き続けているが、実際は表社会にも大きな影響を及ぼしている。

恣意的な殺人は日常茶飯事。

不正金の流動を助長し、個人所有が禁止されている武器や魔道具、薬物の国内流通の多くが彼らの手引きによって行われている。

加えて倫理観を欠いた人攫《ひとさら》い、人身売買、臓器売買など。

帝国の法に触れる様々な悪事の多くには、三大裏組織が関与していると言われている。

そしてそれは、先日あった特設新鋭軍と盗賊が遭遇したことにも関係していて――。

「アルたちがディルスト地方で討伐した盗賊たち。彼らは三大裏組織の一つ『レッドブロード』の末端組織だったわ。そしてその背後にいるのは、反皇女派筆頭の有力貴族たち……」

「はい！　因《ちな》みに全部俺調べでーす！　褒めてください！」

テンション高めのファディは鼻高々に胸を張る。

仲間の死を目撃してしまった手前、彼のように快活な態度ではいられないが、貴重な情

ドヤ.

報であることは確かだ。

「また三大裏組織ですか。盗賊を差し向けてくるところからして、危険なやつらってことは分かりました」

必然的に起きた戦闘。

今後も同じような争いが起こるはずだ。

「対策を立てないとマズイですね……」

「そうなのよ。でも私たちにはそれに対抗する手段が乏しいわ」

特設新鋭軍という純粋な戦力は整っているものの、それ以外の手札がない。

現状裏組織の動きを牽制《けんせい》できるのはファディだけであるが、彼一人で対応するのには限界がある。

「……なるほど。毒には毒を。裏組織の動きを封じるなら同じ裏組織をあてがうのが最適だと、そういうことですか」

思案顔のフレーゲルは大きなため息を吐《つ》き、ヴァルトルーネ皇女に視線を向ける。

「その通りよ。私たちも裏組織との繋がりを得て、特設新鋭軍の動きを反皇女派貴族に阻害されないようにするわ」

「リスクを取らねば、いずれ潰される——苦渋の決断とはこれを言っていたのですか」

「あまり褒められた策ではないけれど、背に腹は代えられないわ」

ヴァルトルーネ皇女は恐らく、裏組織の対策としてファディを据えていた。

しかし、先の特設新鋭軍襲撃で限界を覚え、本格的な戦力増強に踏み切ったのだろう。

「『白煙の蜥蜴』は元々リゲル侯爵と癒着してましたけど、俺がヴァルトルーネ皇女に鞍《くら》替《が》えしたのを境に組織全体が反皇女派貴族との関係を切っています。現在はどこの貴族とも接触していないので、仲間に引き込むなら今がベストタイミングかなと！」

「それにファディは『白煙の蜥蜴』元頭領。交渉の難易度もある程度緩いと思うわ」

「えへへっ。皆さんは俺に超感謝してくださいね～」

本件の主役と言わんばかりのドヤ顔。

ファディはもう少し緊張感を持った方がいいと思う。

「油断は禁物です。一度組織を抜けたファディに、相手がどんな印象を持っているか分かりません」

「アルディアの言う通りだな。どんなことにも絶対はない」

最悪を想定して動くことで、不測の事態に対処しやすくなる。

それこそ『白煙の蜥蜴』の本拠点に伺って、いきなり血肉飛び交う泥沼の殺し合いに発展する可能性も十二分にある。

「最悪戦闘も考慮すべきかと」

「当然ね。だからこそ貴方と私が直々に出向くのよ」

ヴァルトルーネ皇女は俺の指先に軽く触れた。

「――これは私たち四人しか知ることが許されない極秘任務。力比べで負けた結果、あらゆる計画が破綻するなんて馬鹿らしいでしょ？」

「俺とルーネ様が戦闘要員で」

「ファディとフレーゲルが交渉担当よ。私たちでしっかり二人を守りましょうね」

俺とヴァルトルーネ皇女が守る側か……。

戦闘要員としては十分戦えそうだが、専属騎士である身からすると、彼女が前線に立つというのは不安で仕方がない。

「失礼ながら申し上げますが、ルーネ様自ら危険地帯に乗り込むのは、あまり気乗りしません。それこそ戦闘面で言えばリツィアレイテ将軍やペトラなどが適任に思えますし……」

「アル」

「──っ」

「言ったでしょう。これは褒められた作戦ではないの。正義感の強いリツィアレイテや貴方の大事な友人を、こんな厄介ごとに巻き込むわけにはいかないわ」

青い瞳からは彼女の確固たる鉄の意志を感じる。

「裏組織との関わり合いは表沙汰にできない。『後ろめたい事実をずっと隠し続けなさい』……なんて命令するのはあまりに酷な話よ」

彼女の言う通りだった。

俺たちは王国との戦争に勝つという一点を目指し、その過程で何があろうと動じない覚悟がある。ファディも元裏組織の人間だから『白煙《はくえん》の蜥蜴《とかげ》』と関わり合うことに抵抗はほぼないだろう。そしてフレーゲルも、元婚約者との復縁のために、どこまでも突き進む気概がある。

「これは適切な人選よ。この四人なら戦いにおいて力負けもせず、交渉力もある」

ヴァルトルーネ皇女は深く息を吸い込み、

「そして何より——厄介ごとに巻き込んでも、私の心が痛まないわ！」

最後の最後に全てを台無しにする残念過ぎる本音を告げた。

「……正直ですね、ヴァルトルーネ様。逆に安心しました」

「もうこの四人は同じ秘密を共有した共犯者であり、破滅のときは共倒れする運命共同体よ。覚悟はいいかしら？」

「……くっ、俺は心中相手に選ばれてたのかよ」

「フレーゲルさん。ドンマイで～す。あ、俺もか！　あははっマジ最高じゃん！」

成功の確証はないが、失敗は許されない極秘任務。新たな未来を綴《つづ》り続けるために越えねばならない試練というわけだ。頼れるのはここにいる四人だけで、誰か一人でも欠けることがあれば、その時点できっと総崩れだ。

「全員生存か全滅か。なるほど。面白い趣向の任務ですね」

「お前もファディ同様普通にイカれてるわ。……ああ帰りたいなぁ」

「俺が常人だったら、もうとっくに逃げてるよ」

フレーゲルの野次を受け流しつつ、俺は剣を鞘《さや》から引き抜き、その光沢をジッと眺める。

「どうせ綱渡りな人生よ。早めに慣れておくのも悪くないでしょ？」

「……その通りですね。遅かれ早かれリスクは取るべきですし」

ヴァルトルーネ皇女に味方すると決めた時から、分《ぶ》の悪い戦いが待っていることは決まっていた。それでも俺が彼女の隣に居続けることを選んだのは——後悔のない人生を送りたいと、そう望んだからだ。

たとえどんな窮地に立ったとしても、彼女のためにこの剣を振り続けたい。

彼女のためなら、俺は大事なもの全てを抱えながら目的を遂行する。

「心の準備は万全です。俺はいつでも行けますよ」

剣を鞘に収め、そう断言した。

ファディもナイフを片手で回して見せ、不敵に微笑《ほほえ》む。

「まっ。俺が行くんですから失敗なんてあり得ませんよ」

「——っ。はぁ……ここで俺だけ覚悟が揺らいでたら本当にダサ過ぎるな。どうせ後戻りが許されないなら、とことんやるしかない」

フレーゲルも頭を掻《か》きながら、力強く頷《うなず》いた。

「——作戦決行は明日の日暮れからよ。各々《おのおの》すべき準備を整え、再びこの場に集いなさい！」

「「「はっ！」」」

用具倉庫の端で開かれた秘密の作戦会議。四人は手を重ね合わせ、決起する。

記憶にも記録にも残らない重要任務。

これは俺たち四人が日陰で起こす、先に待つ運命への静かな抵抗。

「ではこれにて解散よ」

無言で頷き、俺たちはそれぞれ散る。

来たる作戦当日に想《おも》いを馳《は》せながら、今日だけはいつもの日常へと戻るのだった。

5

夕焼け空は段々と薄紫色へ変わりつつあった。日は野山の陰に隠れ、特設新鋭軍の者たちも業務を終え、それぞれ自由な時間へと戻ってゆく。

「アルディア殿。お疲れ様です」

「ああ。お疲れ様」

すれ違う兵たちに軽く会釈を返しながら歩き、人気《ひとけ》のない場所まで来て周囲を見回した。

「…………」

付近に人の気配はなく、先程の兵たちが談笑する声もかなり遠ざかっていた。

「武装は万全……行けるな」

歩いてきた道を引き返し、そのまま昨日の用具倉庫へと向かう。なるべく通行人の少ない通路を進み、少し遠回りしながら俺は三人が待つ目的地に辿《たど》り着いた。

――誰もいない。

薄暗い世界の中、ほんの少しだけ生暖かい風が吹き抜ける。

風に木の葉が揺れる音が騒がしい。

逆に言うと、それ以外の音はこれっぽっちも聞こえてこない。

「集合日時を間違えたか……？」

一抹の不安を掻き立てられるが、土を踏み締める音を背中越しに聞いた瞬間、それは杞《き》憂《ゆう》だったと胸を撫《な》で下ろす。

「悪い。遅くなった……ってお前だけか」

「ああ。まだ誰もいないよ」

二番目に来たのはフレーゲルだった。

久しく装備していなかった鉄剣を腰に携え、上下しっかり頑丈そうな鎧《よろい》を着込んでいる。

文官らしさは消え失《う》せ、一介の兵士らしい顔付きの彼を見て、思わず口元が綻《ほころ》んだ。

「そういう格好を見るのは士官学校以来だな」

「まぁ。ここに来てからはヴァルトルーネ様の補佐中心の仕事をしてたからな。アルディアと顔を合わせる機会もあまりなかったし」

「鎧重くないか？」

「茶化すな。これでも時々はミアとかアンブロスと盗賊討伐に行ったりしてるんだぞ」

肩回りを動かしながら、彼は唇を尖《とが》らせる。

その仕草から年相応の若さを感じ、悪気はないがつい苦笑いを浮かべてしまう。

「笑うなって……」

「ふっ。ごめん」

「絶対反省してないだろ。たく、まあいいや」

知的に整った前髪を掻き上げ、フレーゲルは外の景色を軽く見回した。

それから俺の肩に手を置き、

「……取《と》り敢《あ》えず、中に入ろう」

そう言って用具倉庫の扉を開いた。

中は昼間来た時よりも薄暗く、外光が差し込まないため一寸先は闇。扉を閉めると余計に埃《ほこり》っぽく感じ、ほんの少し咽《む》せると、フレーゲルもまた袖口で口を覆い隠す。

「なんか……くしゃみ出そう」

「ゴホッ、こんなに埃舞ってなかったはずだけど」

互いに文句を吐露しながら、話し合いを行った用具倉庫の奥へと足を進める。

床が軋《きし》む鈍い音。それから薄い壁越しに鳥の甲高い声が聞こえてくる。

「……なぁアルディア」

横に立つ友の声に俺も「あぁ」と小さく返事をする。

俺たちの視線は部屋の隅にある大きな下り階段へと向けられていた。

「……こんな階段、昨日来た時あったか？」

「いや……」

──なかった。

長方形に床が切り取られたかのようにぽっかりと空いた空間。

下は室内よりも暗闇が蔓延《はびこ》り、進むのを躊躇《ためら》ってしまうほど奥深くまで続いている。

「…………」

互いに無言で佇《たたず》む。

用具倉庫内の変化に不気味さを覚えつつ、一歩二歩と後退。

階段に注意を取られていると、背中に柔らかく温度のあるものがぶつかった。

「──っ！」

声にならない叫びが上がる。

しかしそこに立っていたのは幽霊でも怪物でもない。

「落ち着きなさい。私よ」

「ル、ルーネ様……ビックリした」

心臓が抉《えぐ》り潰れたかと思うほど、胸の鼓動が荒れ狂う。

真っ青な顔をした俺を彼女は心配そうに覗《のぞ》き込み、あやすように頭を撫で始めた。

「はぁ、お前がビクッてするからこっちまで釣られただろ」

「悪い……」

フレーゲルも胸を押さえ、若干キレ気味の声を出す。

武器を持った敵の奇襲には慣れているつもりだが、説明のつかない怪奇現象的なものは苦手なのだ。両手で肩付近をさすりながら、俺は長く息を吐く。

「驚き過ぎよ……そういえば、昨日もビックリしてたわよね」

「急に何かが現れるサプライズ的なものが苦手なんですよ……」

「あら面白いことを聞いたわ」

「変な悪巧みしないでくださいね……？」

憂いが残るようなヴァルトルーネ皇女の発言に怯《おび》え、俺は額に手を置いた。

きっと彼女は、あとで何かしらの悪戯《いらずら》をしようと企《たくら》んでいるに違いない。彼女の前で弱点を晒《さら》したことを今更ながら後悔した。


既にここには作戦メンバー四人のうち三人が揃《そろ》っていた。

残るは『白煙の蜥蜴』との交渉で最も重要となってくるファディだけだ。

「あと一人……アイツはいつ来るんだか」

「え？」

フレーゲルが呆《あき》れた声で呟《つぶや》くと、ヴァルトルーネ皇女は驚いたような声を漏らす。

そして考え込むような仕草を取り、用具倉庫内をしきりに見回す。

「ルーネ様。どうされましたか？」

「いえ。てっきりファディは一番最初に、この場所へと来ていると思っていたから」

そう彼女は告げるものの、ファディの姿はなく、用具倉庫の外から誰かが近付く気配も感じられない。ただ静かに、ほんの少し肌寒い空間だけが延々と続く。

「昼寝でもしてるんじゃないのか？　俺ちょっとアイツの部屋見てきましょうか？」

痺《しび》れを切らしたフレーゲルが用具倉庫を出ようとするが、ヴァルトルーネ皇女は首を横に振り、彼を制止する。

「待ちなさい」

「え、ですが……」

「ファディは私より先に、ここに向かっていたはずよ。仕事を終える前に執務室で会話も交わしたし、それは間違いないわ」

「ヴァルトルーネ様がそこまで言うなら……」

フレーゲルは肩を縮こまらせ、そのまま元の位置へと戻った。

にしてもファディがこの場所にいないという事実に変わりはない。

彼女の言葉が正しいのなら、この場所に来る道中で何かしらのトラブルに遭っているとか。もしそうであれば、やはり裏組織絡みの事件である可能性も捨てきれない。

「ルーネ様。ファディがいない以上、作戦開始は見送るべきです。もしこの場所に着く前に何かあったのなら、フレーゲルの言っていた通り、俺たちで探しに出るべきかと」

日は完全に暮れて、集合時間はとっくに過ぎている。時間経過と共に心に募る焦燥感。

ヴァルトルーネ皇女も迷ったように青い瞳を揺らす。

「……どうしようかしらね」

「え、何をですか？」

「ファディを呼びに行くかどうかってことよ……え？」

——今の緩み切ったような声って。

三人で振り向くと、背後には鼻元に煤《すす》のようなものを付けた赤髪の青年——ファディがさも当たり前のようにいたのだ。

「お前、どこ行ってたんだよ」

フレーゲルの問いに、ファディは首を傾《かし》げる。

「最初からいましたけど？」

「いやでも……は？　お前の姿は全く見えなかったし……」

暗がりに隠れていたとしても、俺たちが来た時点で顔を見せるはず。

だが、俺たちが困惑するのを物陰で楽しんでいたにしては、不思議そうな目を向けてきているのが不自然だ。

「……一応聞くが、どこにいたんだ？」

尋ねると、ファディは先程俺とフレーゲルが見つけた地下へと続く階段を指差した。

「あそこです！　ずっと奥で待ってましたよ」

「あの階段……ひょっとして、ファディが開けたのか？」

「開けたというか、元からあったというか……『白煙《はくえん》の蜥蜴《とかげ》』にいた頃は、この隠し通路を使って、よく城内に忍び込んだりしていたんですよね。食い物盗んだりとかして♪」

階段をよく見ると、随分長い間使われていないのか一段一段に白い埃が被《かぶ》っている。

「こっからなら、誰にも気付かれず外に出られます。ほらほら、もう時間過ぎてますよ～」

能天気に俺たちを抜け道に誘導するファディは、俺たちが心配していたことも知らぬようで「全く、ずっと待ってたのに皆さん来ないんですもん。時間厳守は人として弁《わきま》えるべきです」と一人愚痴を零《こぼ》している。

……いや、抜け道があるなら事前にその情報を共有しておいて欲しかった。

ファディの背を追いかけるように、フレーゲルとヴァルトルーネ皇女は大きなため息を吐《つ》き、それから階段を降る。

「……まあ、大事なくて良かったけど」

ただの行き違いという事実に胸を撫で下ろしつつ、俺もまた真っ暗闇の支配する深層へ視線を向けるのだった。

6

市井《しせい》に続く隠し通路は予想以上に深くまで続いていた。

城自体がアルダンの中でも特に高い立地に位置しているのもあるが、一番の理由はこの抜け道が貧民街に続いているからだろう。

帝都の端っこ。

そして場所の高低差が城と百メートル以上もある貧困地域。

真っ暗で細い道をひたすらに歩いてゆくと、やがて薄《う》っすらと月光が差し込む場所が見えてきた。

「あっ、出口で～す」

ファディはそう告げて、光の差し込む微々たる隙間に手を突っ込んだ。

鉄の金具が木の板とぶつかり合う。それから暫《しば》くして、カチッと鍵が外れるような音が鳴り響いた。

分厚い木と鉄が融合したような板をファディが力一杯ズラすと、そこからは古ぼけた色落ちの激しい天井が見えた。

「よいしょっと！」

出口から顔を覗かせると、そこは小さな廃屋のような場所だった。

衣服に付着した汚れを手で払い落としつつ、俺たちはその小屋の中を見回す。

「まさかこんなところに通じているなんて……」

「はぁ。城内の安全に不信感が……」

素直に驚くフレーゲルと、外部から簡単に出入りできることを知ってしまった結果、頭を抱えて気難しそうな表情になるヴァルトルーネ皇女。

「安心してください。この隠し通路は俺専用なんで！」

「少なくとも以前の貴方《あなた》に命を狙われる危険があったわけね……早期で仲間にしておいて本当に良かったわ」

「あれ、凄《すご》い疲れたような顔してる？　なんでだぁ？」

彼女が安堵《あんど》の息を吐くのは当然のこと。もしもファディがリゲル侯爵側に付いたままなら、侯爵領で行われた決戦前に彼女が暗殺されていたかもしれないのだから。

一度奈落に落ちた俺たち二人はきっと、平穏な生き方は望めないのだろう。

「我々は本当にギリギリの道を進んでいるのですね……」

「そうね。もし一つでも択を間違えていたら、私の命がない未来も——いいえ。今それを考えるのは止《や》めておきましょう。胃が痛くなってしまうわ」

「ファディ。ルーネ様に心労を与えるんじゃない」

「だからもう！　なんで俺が責められてるんですか!?」

暗い空気を払拭するようなファディの大声が廃屋に響き渡った。

7

無事に城を抜け出すことに成功した俺たち極秘任務遂行メンバー。

加えて道中での危険ゼロな安全ルートで貧民街まで一気に駆け抜けることができた。

これもファディが利用していた城と貧民街を繋《つな》ぐ抜け道の功績である。

「それで、ここからどうするんですか？」

歩くたびに抜けてしまいそうな床を気にしながら、フレーゲルは問いを投げかける。

「今から直接『白煙の蜥蜴』の本拠地に乗り込むつもりよ」

「いきなり勝負に出るんですか……危なそう」

安全志向のフレーゲルからしてみれば、叩《たた》かず歩く石橋へは『絶対行きたくない！』という雰囲気が辿々《たどたど》しい口調から滲《にじ》み出ていた。

「そんな顔しなくても大丈夫ですよ～。このメンツなら対面戦闘最強ですから」

「戦闘前提で話すな……唯一戦闘で役立たずなのを思い出すだろうが」

「ん～ドンマイ！」

交渉担当はファディ、フレーゲル。

戦闘担当は俺とヴァルトルーネ皇女、それからファディも手数に加えられる。

確かにこの四人だと、フレーゲルだけが戦闘面で劣ると感じるのも無理はない。しかし彼の持ち味が知を利用した策略向きであることを考慮すれば、戦闘を得意としない点に関しては、仕方がないと割り切れる。それに、

「戦闘が起こるのは最悪の場合だけ。そうでしょファディ」

「はい。『レッドブロード』とか『イズ・クラン』は知りませんが、少なくとも『白煙の

断蜴』は基本平和主義です。いきなり刃物や鈍器を振るってくるなんてことはほぼあり得ません」

「だそうよ」

「――っ。はい」

気が立つフレーゲルを落ち着けるように、彼女は静かに目を瞑《つぶ》る。

「安心して。順調に進めばすぐ終わるわ」

そう。俺たちは『白煙の断蜴』と雌雄《しゆう》を決するために赴くわけじゃない。

互いに手を取り合い、今後の良好な関係を築きに伺うだけだ。

「そうそう！　資金提供とか、物資支援を餌に釣れば、簡単にお腹《なか》見せてくれると思いますよ～」

元々所属していた組織に対して、中々酷《ひど》い評価である。

「それは『白煙の断蜴』がチョロいってことか？」

「やだなぁ。話し合うだけの理性があるって意味ですって」

「その言い方だと、他組織は野犬同然の脳みそしかないように聞こえるんだが……」

「フレーゲルさん。そこは深く聞いたら駄目です。もう少し気を遣ってください、ね？」

――いやそれ、全部自分に跳ね返っているから。

ファディの厚顔っぷりには脱帽である。

「……そろそろ行きましょうか」

諜報員《ちょうほういん》補充作戦の最終確認を終え、ヴァルトルーネ皇女は立ち上がる。

「あっ、小屋の出口はここでーす」

廃屋正面にある正規の扉は開かないように木の板が幾重にも張り付けられている。

ファディが向かう先はその真逆。

「お前……」

「こんなとこから……」

部屋の隅にある本棚を動かすと、そこにはもう一枚の扉が現れた。

裏社会で生きる人間は、こういう隠しギミック的なものを好む傾向にあるのだろうか。

こんな小さな小屋に厳重に隠された出入り口が二つ。

「ほら、早く行きましょうよ！『白煙の蜥蜴』の人たちは外にうじゃうじゃいますよ」

両手の指をワラワラ動かすファディは、迷いなく扉を開き、外へと踏み出す。

「そのうじゃうじゃって表現止《や》めろ。虫みたいに聞こえるだろうが」

「あははっ。フレーゲルさんって虫苦手な人でしたっけ？」

「得意ではないが」

「それ苦手って言うんすよ〜」

先に外に出た二人を見送り、俺とヴァルトルーネ皇女は互いに顔を見合わせる。

「アル。久々に腕が鳴るわね」

戦う気満々のヴァルトルーネ皇女。

逆行してから、彼女が戦場にて魔術を行使する機会は無かった。

記憶の片隅に残っている彼女の莫大《ばくだい》な魔力量を思い出し、俺は軽く身震いする。

「……ルーネ様。戦闘は極力俺が担当します。分かっておられますね？」

「アルこそ分かっているの？　貴方には単独戦闘禁止という縛りを設けている——つまり」

「ま、まさか……」

俺の暴走を咎《とが》めるための禁止事項ではなく、彼女に戦うことを容認させるための仕掛けだったのか!?

この人は……どこまで先を見通しているのか。

才能溢《あふ》れる皇女として、帝国を粘り強く導いていただけある。

「ふふっ。一緒に頑張りましょうね」

「……はい」

「では行きましょう！」

ヴァルトルーネ皇女の白い手が俺の腕を強く引く。

重苦しそうな作戦だと終始感じていたものの、案外そうでもないのか。

彼女の意図を正確に読み解くことは、未《いま》だ叶《かな》わない。

8

帝国の裏社会に蔓延《はびこ》っている大規模な組織は主に三つ。
首都アルダンを拠点に活動する裏組織最大勢力『レッドブロード』
帝国全土で活動している武闘派集団として有名な『イズ・クラン』
そして、元ファディ直属の裏組織だった暗殺集団『白煙の蜥蜴』
これら三つの組織が、帝国内における裏社会の覇権を争う三大裏組織と呼ばれている。

怪しげな者が行き交う帝都の郊外。

俺たちはファディが所属していた『白煙の蜥蜴』の拠点を目指していた。

「治安悪そうでしょ？　実際は見た目以上にヤバいから」

彼は慣れた顔付きのまま、通りすがる者たちに目を向けていた。

フレーゲルは額に汗を滲ませながら、周囲を観察して俺に耳打ちしてくる。

「……あいつら、多分俺らのこと狙ってるぞ」

「ああ」

「襲われた時は、マジで頼む」

「分かってるよ」

普段のクールな態度はどこへやら。

彼は両手で自分の青い瞳を覆うように顔を隠す。

「……ずっとチラチラ見られているわね」

「まあ、俺らって明らかに場違いな格好してますもん」

身に着ける防具は全て特設新鋭軍御用達《ごようたし》の特注品。

武器は市販のものではなく、全員がオーダーメイド品。

おまけに立ち居振る舞いの綺麗《きれい》なヴァルトルーネ皇女と元王国貴族フレーゲルが揃《そろ》って歩いているのだ。目を付けられるのも無理はない。

「……お兄さん」

「ん。寄ってきたら先手取って潰す」

「頼もしいことこの上ないですね～」

不要な戦闘は可能な限り避けたいが、後手に回ると動きの選択肢が制限されてしまう。

もしも戦いが起こるのなら、先駆けて剣を抜く覚悟だ。剣の柄《つか》をいつでも摑《つか》める位置に手を置き、歩き続けると、周囲から向けられていた嫌な視線は徐々に消えてゆく。

「お兄さんお兄さん！」

「ん？」

何かに気付いたファディが俺の背中を軽く叩く。

そしてコソッと内緒話のように小声で耳打ちしてきた。

「……お兄さんの圧が凄過ぎて、人っ子一人寄り付かなくなりましたよ。流石《さすが》は世界一恐ろしい皇女殿下の専属騎士ですね！」

「貶《けな》してるのか、それ」

「まさかぁ。褒めてるんですよ。これだけの威圧を周囲に振り撒《ま》けるなら、裏組織の長としての適性がかなりありますよ♪　どうです？『白煙《はくえん》の蜥蜴《とかげ》』を飼い慣らしてみるのも個人的に超お似合いだと思いますよ！」

「普通にお断りだ」

「あはは、超嫌そうな顔！」

「……はぁ」

危機が去った途端にこの調子。

ファディの態度の変容は、ペトラの喜怒並みに乱高下する。

それが悪いとまでは言わないが、俺自身が彼のペースに飲まれるので少しだけ苦手だ。

「ファディその辺にしとけ。アルディアにあんまストレスかけんな」

「うんわぁ。またこの流れだ。もしかしてお気に？」

塩対応のフレーゲルにも、ファディは楽しそうに笑いかける。

「緊張感を持てって言ってんだよ。襲われたら笑い事じゃ済まないぞ」

「フレーゲルさんは真面目ですね～」

「……おふざけ要員はお前だけだろ」

「んなっ！　失礼ですねッ！……と言いたいところですが、多分正しいので訂正なしでいいですよ♪」

フレーゲルも俺と同じく押し黙る。

ファディと会話を交わしていると、調子を狂わされると理解したのだろう。

「アルディア」

「ん？」

「……こいつ超面倒臭いわ」

隠す気ゼロのクレームに、俺は苦笑いを浮かべた。

9

貧民街にしては立派な建物がポツンと建っていた。

「到着ぅ～♪　ここが『白煙の蜥蜴』の本拠地です！」

辿《たど》り着いた先は薄汚れた外観の大きめな酒場。

塗装の剝がれた木製の扉を開くと、薄暗い小さな空間が広がっていた。

錆《さ》びた鉄の臭いと、アルコールの香りが漂う中で、ファディは迷いなく、入り口から一番近いバーカウンターに腰を下ろした。

「俺たちも行きましょうか」

「そうね……呼ばれているみたいだし」

俺たち三人も、ニコニコしながら手招きするファディのもとへと向かう。

ファディに並んで、俺たちもイスに座ると、バーカウンターの内側から黒服の女性店員が、ぶっきらぼうに告げる。

「ご注文は？」

素っ気ない態度から発せられた短い一言。

その最悪な接客態度に驚きもせず、ファディは満面の笑みで、机を指でトントンと叩《たた》く。

「——じゃあ。ドロテアを呼んでくれる？」

彼の底冷えするような低い声を聞き、店員の口元が引き攣《つ》った。

「……あの、ちゃんとご注文を」

「ああそういうの必要ないから。サッサと連れてきてよ」

今度は少しだけ愛想の良い態度を取った店員だったが、ファディは淡々と用件を伝える。

「…………っ」

「あははっ。そんな怖い顔しないでよ。可愛《かわい》い息子が会いに来たって、そう伝えてくれればいいからさ、ね？」

「……しょ、少々お待ち下さい。確認して参ります」

渋々……というかかなり文句を言いたそうな顔で、店員は奥へと引っ込む。

「ファディ、今の……」

「はい。ボスを呼んでこいって言ってみました」

——やっぱりか。

彼の性格なら回りくどいことは好まない。

真《ま》っ直《す》ぐ、最短ルートで目的に手を伸ばすのだ。

「先急ぐな……なんてつまらないこと言わないでくださいよ。どうせ会うのは確定なんですから」

「ああ。むしろそっちの方が手っ取り早くて助かる」

無駄な時間を過ごしている暇はない。即断即決というのは俺も賛成だ。

思い悩むのは、交渉のテーブルに着いてからでいい。

——問題は向こうがどう対応してくるかだけだが。

「お待たせしました。面会の許可が下りましたので、こちらにどうぞ」

意外にも一分かからず店員は澄ました顔で戻ってきた。

「よし。じゃあ早速行きましょう！」

「ちょい待ち！」

「うげっ……！」

そのまま上機嫌で促されるまま向かおうとするファディをフレーゲルが制止する。

「なんですか……いきなり首元掴まないでくださいよ～」

「お前、そんな簡単に付いて行って大丈夫なのか？」

咎めるような口振り。警戒心の一つすらないのが、気に障ったのだろう。

しかしファディはさも得意げな顔で、その手を振り払う。

「心配ご無用。ドロテアは平和主義者ですから、旧知の人間を無下には扱いませんって」

フレーゲルの返事も聞かず、ファディはサッサと行ってしまう。

「フレーゲル大丈夫よ」

ヴァルトルーネ皇女がフォローするように優しく声を掛けると、彼は頷《うなず》きその後を追う。

「アル。警戒は……」

「もちろん怠りません」

「危険を察知したら、各々《おのおの》で対処に動くわよ」

「承知しました」

向けられた眼差《まなざ》しには、彼女が俺に向ける全幅《ぜんぷく》の信頼が込められていた。

一度のミスも許されない状況。胸に手を当て作戦の成功を、四人全員が無事に帰れることを、心の底から祈った。

10

「はぁ……誰が息子だ。この馬鹿ガキ。とっとと野垂れ死ねば良かったんだ」

開口一番、ファディに向けられたのは、渾身《こんしん》の罵倒だった。

明るい灰色の髪に、両目を覆う黒い布。胸は大きく、頭に残るような掠《かす》れ声《ごえ》が独特な威厳を感じさせる。

「ふん。まあいい。『白煙の蜥蜴』は私のものになったんだ。今更返せと言われても、お前の要求には応じない」

「相変わらず手厳しいね、ドロテアは」


『白煙の蜥蜴』現頭領――ドロテア。

指に挟んだ煙草《たばこ》を吹かして、彼女は大きなソファで足を組み座っていた。

――これが裏組織のボスってやつか。

表の世界に生きる住人とはやはり違う。

周囲の面々からも苛立《いらだ》ちと殺気が溢《あふ》れんばかりに感じられ、中央に鎮座する彼女が一言指示を出せば、すぐに襲いかかってきそうなくらいの物凄《ものすご》い迫力である。

酒場の奥にある広い空間。

そこは裏組織『白煙の蜥蜴』の面々が集まる本拠点だった。

「……ふぅ。それで。お前は何しに戻ってきた？」

「ああもう本題入るんだ」

「まどろっこしいのは嫌いなんだ」

ふてぶてしい態度を一貫させ、彼女は布下から鋭い眼光を向けてくる。

「リゲル侯爵は死んだ。他でもないヴァルトルーネ皇女の手によってな」

「うん。そうだね」

「そしてお前が、皇女の犬になったのも知っている」

「……え、犬？」

「ああ。暗殺者として大成したお前が、随分落ちぶれたと噂《うわさ》になっているものさ」

『犬』という単語を認識した途端に、ファディの顔色は段々と暗くなる。

尊大な姿勢を崩さないドロテアは、一旦間を置いてから話を続ける。

「……お前の要求はある程度分かる。『白煙の蜥蜴』に皇女派貴族と組んで欲しい……そんなところだろ？」

「ほぼ正解。正確には『白煙の蜥蜴』の者たちに特設新鋭軍の諜報員《ちょうほういん》になって欲しいんだ」

言い終えると、ドロテアは「特設新鋭軍？」と少し戸惑った声を出すが、すぐに眉尻を下げて大きなため息を吐《つ》く。

「それで、私がその話に乗るとでも？」

「ドロテアは優しいからさ」

「ふっ。お前の目は節穴か……お断りに決まってる」

交渉の余地を微塵《みじん》も感じさせない一言。これ以上の話し合いは無駄であると言わんばかりに、ドロテアは呆《あき》れたように笑い、近くにいた部下から煙草を奪う。

「ふぅ……気は済んだか？」

断られることを想定していなかったのかファディは黙り込み、放心状態になっていた。

「……貴族、王族との繋《つな》がりはそちらのメリットになり得るかと思いますが、考慮する余地は全くないのですか？」

と、ファディと入れ替わるようにフレーゲルが前に出る。

それでもドロテアの上から目線は一貫していた。

「私は貴族が嫌いだ。生意気で自分勝手だからな」

「そんな私情でこの話を断ったと……？」

「ふふ。私情の何が悪い？『白煙の蜥蜴』はもう私のものだ。誰と組むかを決めるのも、誰と敵対するかを決めるのも、全ては私の独断と偏見で決まる。損得で他人に指図される謂《いわ》れはないな」

平然とそう言い切って、ドロテアは額に手を置いた。

理路整然と話すフレーゲルでも会話の流れを摑《つか》むのは難しそうだ。

「話はもう終わりか？　なら……」

「待って！」

「……今度は女の声、か」

何かを察したようにドロテアはヴァルトルーネ皇女に視線を向けた。

「まさかこんな大物がやって来るとは……」

「御託は結構。それより一つ聞きたいのだけど、ひょっとしてリゲル侯爵と組んだ時と同じようになるのを恐れているの？　だから私と組みたくないと、そう言っているの？」

かつてファディはリゲル侯爵に酷《ひど》い扱いを受けていた。

彼が劣悪な待遇で動かされていたのを考えると、自然に『白煙《はくえん》の蜥蜴《とかげ》』も辛酸を舐《な》めていたという考えに至る。

「……なるほど。その反応を見るに、皇女直々にファディを救ったというわけか」

「ええ。そして私はリゲル侯爵とは違う。貴女《あなた》たちの力になると約束するわ！」

品行方正なヴァルトルーネ皇女。

感情の窺《うかが》えない顔付きのドロテアは不意に俯《うつむ》き、艶《つや》やかな灰色の髪を揺らす。

「……心優しき皇女様が、私たちみたいなゴミを救ってくださると？」

「そういう言い方は嫌いだわ。私は貴女たちの手を借りたいの」

「だから私の下に付け。指示に従え……そう言いたいのか」

「ち、違っ……！」

「違わない。いいかいお嬢さん」

ドロテアは人差し指を立て、真剣な面持ちで告げる。

「私は『白煙の蜥蜴』を統《す》べる王。同じく人を従える立場の皇女様なら分かるだろう？　王は簡単に、誰かの下に屈してはならない」

「――っ」

「それこそ――戦争で負けて、どうしようもなくなった状況以外じゃ、民を売ったりしないものだ。それが王として最低限の責務。放棄できない呪縛というものだ」

だから軽々しくこちらの要求は呑《の》まない……彼女はそう言うのだ。

「……特設新鋭軍に入ってはくれないんだね」

絞り出すような声でファディが聞くと、ドロテアは頷く。

「ああ。残念なことにね」

「くっ！」

奥歯を噛《か》み締め俯き、ファディは拳を強く握る。

そして一気に脱力。そのままヴァルトルーネ皇女に顔を向けた。

「……すみません。交渉決裂です。『白煙の蜥蜴』は仲間にできません」

結論はあまりに残念なものだ。

けれど、これ以上粘ったところで彼女の態度が変わるとは思えない。頑《かたく》なにこちらとの距離を置きたがるドロテアは、取り付く島もないほどに冷たい表情だった。

「……なんだ？」

ドロテアをただ黙って見ていると、自然と気付いた彼女は首を傾《かし》げる。

「いえ、なんでも」

交渉失敗。帰還する他ない……そのはずなのに。やはり気になる。

俺は彼女の対応に大きな違和感を覚えていた。

こちらの出す要求を知っていて、なおかつ絶対にその要求を断ると決めていた。だが対話の余地が一ミリも無いのなら、最初から話し合いの席を設けなければ済む話だ。顔を合わす必要すらない。何故《なぜ》ならその時間が互いにとって無駄なことだから。

けれどもドロテアはこうして俺たちとの面会を許した。それはつまり、『白煙の蜥蜴』側にも対話する意思があったからだ。

肩を落とし、早期撤収を図ろうとするファディをドロテアはジッと見つめる。

そして息を深く吸い、

「……待て。馬鹿ガキ」

「――っ」

「一々不貞腐《ふてくさ》れるな。面倒くさい。まだ話は終わりじゃない」

見送れば終わるはずの話し合いを、ドロテア自ら振り出しに戻したのだった。

11

「……ふん。まあ条件次第ではあるが、相互協力関係くらいになら、なってやってもいい」

気怠《けだる》そうに、明後日《あさって》の方向に顔を逸《そ》らしながら、ドロテアはそう吐き捨てた。

「ドロテア……」

「勘違いするなよ。お前相手だから話に乗ったわけじゃない……なんとなく気が変わった。

それだけのことだ」

「ドロテア！」

ファディがドロテアに向けて目を輝かせる。とんでもなくチョロい。

熱い眼差しを払うように手を左右に振り、彼女は部下を呼び寄せ、小さく耳打ちする。

部下は何度か「はい……はい……」と返事をした後、懐《ふところ》から一枚の地図を取り出し、それをヴァルトルーネ皇女に手渡してきた。

「『レッドブロード』との決戦地が記されている」

尋ねる間もなく、ドロテアは話し始める。

「向こうが動員する人員は推定二百。対してこちらは多く集められても五十に満たない」

苛立ちからか彼女は「チッ」と部屋全体に聞こえるくらいの舌打ちをする。

裏組織同士の抗争。それも『白煙の蜥蜴』側が相当不利な戦い。

部外者のはずである俺たちに、その情報を伝えてきたということはつまり――。

「私たちにこの戦いに参戦しろと？」

「ああ。流石《さすが》は聡明《そうめい》な皇女様。理解が早くて助かる。そうだ。私は今喉から手が出るほど抗争の人手が欲しい。それがたった四人であろうともな」

「でも四人加わったところで覆《くつがえ》る人数差では……」

「ああ。だが、お前たちに選択肢があるのか」

「――っ」

「私は勝ちたいんだ。その意味が分かるな？　不利な戦いなのは百も承知。その上で私はお前たちにチャンスを与えている」

俺たち四人が『白煙の蜥蜴』側として『レッドブロード』と対峙《たいじ》し、勝利を収められれば、今後の協力関係を一考してやると。

推定四倍以上の敵戦力を相手取れなど無茶なことを要求してくるものだ。

「………………」

思案顔のヴァルトルーネ皇女に視線を向けると、彼女と目が合う。

そして俺に向かって一言。

「アル。行けるわよね？」

『レッドブロード』との戦いはとてつもなく難易度が高い。

しかし彼女の澄んだ青い瞳には、一切の曇りがなかった。どれだけ条件が厳しかろうと『白煙の蜥蜴』を懐柔するためなら、彼女は迷うことなく決断を下す。

ただ『当然できるでしょう』と軽い確認をしているかのような彼女の発する普段通りの声音が、俺にどこまでも自信を与えてくれる。

「もちろんです」

頷《うなず》くと彼女は綺麗《きれい》な白髪を揺らして笑い、そのままドロテアに向き直った。

「──分かりました。その話に乗るわ」

「ふっ。決まりだ」

ヴァルトルーネ皇女とドロテアは握手を交わす。

提案から決定まで、その間僅か二分。

「優しいだけかと思いきや、決断力も高いと」

「優しいだけじゃ、何も守れないもの」

「全くその通りだ。ふっ。皇女様は立派な王の器じゃないか」

賛美の言葉を掛けたドロテアは、それから周囲に侍《はべ》る部下たちを見回す。

「いいかお前たち！　皇女殿下が『レッドブロード』との戦いの勝利を約束された。だからどんなに不利な戦いだろうと、敗北は絶対に許さない。私に生き恥を晒《さら》させるな。誇りある戦いをしろ。分かったな？」

刹那、大きな歓声が沸き上がり、無数の紙吹雪《かみふぶき》が宙を舞う。

大騒ぎの部下たちを「うるさいなぁ」と呆れた顔でドロテアは眺めていた。

歓声が落ち着き始めた頃合いを見計らい、ぶっきらぼうな声で彼女は告げる。

「……『レッドブロード』との戦いは二日後。作戦は当日伝える。準備するものは戦いに勝つ覚悟、それだけだ。他に聞きたいことは？」

「大丈夫よ。また二日後に会いましょう」

「ああ。期待しているよ」

必要最低限の会話を経て、俺たちは今度こそドロテアに背を向け、『白煙の蜥蜴』の本拠地を後にする。

「ああそうだ……そこのお前」

最後に部屋を出ようとすると、意外なことにドロテアは俺を呼び止める。

俺はあまり会話に参加していなかったし、話すこともないはずだが。

肩越しにドロテアへ視線を向けると、彼女は満足そうな面持ちで微笑《ほほえ》む。

「……今後とも、ファディを頼む」

なんら不思議な言葉ではないが、彼女の口から出る言葉にしては棘《とげ》がなく、非常に意外だった。

「あの馬鹿は突拍子もないことをするし、正直面倒な性格だ――でも、悪いヤツじゃない」

昔馴染《むかしなじ》みだからこその言葉だと思った。

ファディの良いところも悪いところも知っているからこそ、一言一言に重みが宿る。

――なんだ。

「だから。アイツと付き合っていくのは大変だろうが、よろしく頼む」

――素直になれないだけで、この人はファディを誰よりも大事に思っているのか。

返答を待たずに、彼女はそれきり視線を逸らす。

口元がむずむず動いていて、頬は赤く染まっていた。先の照れ隠しのつもりだろうか。

そういうストレートな優しさを、ファディ自身に向けてやればいいのにと、部外者ながら思ってしまった。

俺は肯定の言葉を紡ぐ代わりに、深々とお辞儀をしてみせた。

「よろしく頼む、か」

酒場を出て、やや冷えた外気に当てられながら俺は一人そう呟《つぶや》き、先に帰路についた三人の背を追うのだった。

12

『白煙の蜥蜴』本拠点に赴いた二日後。

『レッドブロード』との抗争当日は、雨風の凄《すさ》まじい悪天候だった。

窓外に雨粒が止めどなくぶつかり弾《はじ》ける。

地には深い水溜《みずた》まりが広がり、遠くの山が霞《かす》むほどに視界も悪い。

「アル。行くわよ」

「はい」

そんな不吉さを感じるほんの少しだけ肌寒い日でも、俺たちの計画に中止や延期はない。

防水布を頭から被《かぶ》るヴァルトルーネ皇女は、渡された地図を手に真っ黒な雲に覆われた空を見つめる。

「……今日で特設新鋭軍の未来が決まるわ」

その発言は大袈裟《おおげさ》なようで、遠からず当たっていた。

『白煙《はくえん》の蜥蜴《とかげ》』は三大裏組織の一つと言われるほど規模が大きく、実力者も多数揃《そろ》っている。彼らを味方に付けられるかどうかによって、今後の俺たちを待つ命運は大きく変わる。

「『白煙の蜥蜴』との協力が結べなければ、俺たちは今後、相当苦しい戦いを強《し》いられるでしょうね」

「ええ。だからこの戦いは必ず勝つわ！……それで念のために聞くのだけれど、特設新鋭軍の動きは」

「はい。軍全体に休養を取れと連絡を入れました。抗争へ乱入する心配は不要です」

これから起こる戦いは公《おおやけ》に知られてはならない。

それこそ、特設新鋭軍の者がヴァルトルーネ皇女の参戦を察してしまえば、卒倒すること不可避だろう。だから事前に兵が抗争場所へ来ることのないように、帝都郊外での活動を本日限定で封じ込んだ。

「帝国軍の動きは流石に止められなかったわ。エピカとルドルフに帝都周辺地域での警備を緩和するように要求したけれど、日課を変えることはできないそうよ」

「『白煙の蜥蜴』には帝国軍に潜る密偵もおります。そちらは『白煙の蜥蜴』が対策を立てるでしょう」

「そうであることを祈るしかないわね」

睡眠時間が足りていないのか、ヴァルトルーネ皇女は普段よりも顔色が悪い。昨日も夜遅くまで『レッドブロード』との戦いに向けて戦術案を練り続けていたから当然か。

「ルーネ様。体調の方は大丈夫ですか？」

「平気よ。アルこそ一睡もしていないみたいだけど」

「俺は慣れておりますので」

「そうなのね。でも無理は禁物よ」

確かに無理は良くないが、最近に限っては多少の我慢は必要になる時期だ。

「移動の馬車で少し休めます。決戦前に必要があればそこで互いに休みましょう」

そう伝えてみたが、きっと俺もヴァルトルーネ皇女も、呑気《のんき》に睡眠を取ることはないだろう。此度《こたび》の戦いはそれだけ気を抜けないものだ。

「……そうね」

彼女の眉間には憂慮によって深い皺《しわ》が寄っていた。


息抜く暇もなく、俺たちは雨足の強まる外へと飛び出した。

城を出てすぐ近くに停《と》めてある地味な馬車。そこには御者に扮《ふん》したフレーゲルが真っ黒な帽子を深く被り、荷台に座るファディと話しながら俺たち二人を待っていた。

「待たせたわね」

「いえ。時間ピッタリです」

小声で呟き、フレーゲルは頭を小さく下げる。

サッと荷台に乗り込むと、馬車はすぐに動き出した。

「目的地はえーっと、帝都西側の更に奥。かつての超大型武器倉庫ですか……」

行き先を確認して、フレーゲルの声音は段々と音域が下がってゆく。

「……今は使われていないにしても、この武器倉庫はかなりの広さです。屋内戦をするなんて『白煙の蜥蜴』も思い切ったことしますね」

屋内戦。四方が壁に囲われ、出口も限られているため、撤退が難しい。

人数負けしている『白煙の蜥蜴』にしては、明らかに強気な場所選択と言えよう。

「……それで、有識者の見解は？」

ヴァルトルーネ皇女の視線はファディに向く。

彼は苦笑いを浮かべ、自慢の赤髪を手櫛《てぐし》で撫《な》でた。

「まあドロテアらしいって感じですかね。『白煙の蜥蜴』は狭い場所での戦闘を得意としてますから。確実な勝ちを摑《つか》みに行ったたってことでしょう」

「屋内戦が得意だなんて珍しいのね」

「屋内戦というか……限られたエリアを使って有利な戦況を作り出すのが得意なんです。逆にだだっ広い平野での力比べとかは不向きです。つまり奇襲や遊撃みたいな卑怯《ひきょう》な戦術を駆使する小賢《こざか》しい組織なんですよ〜」

冷静な分析だ。そこに若干の皮肉も入り混じっているが、暗殺者であるファディが率いていた組織。緻密な戦術を駆使して戦うことが得意なのだろう。

そうなれば益々《ますます》諜報員《ちょうほういん》としての価値が上がる。

「……やはり絶対仲間に引き入れたい存在ですね」

「三大裏組織の中だと特に魅力的ね」

「諜報任務への適性はダントツで高いはずでしょう」

「……まっ、お二人とも過大評価なことで」

そこまで期待しない方がいいと、ファディは呆《あき》れ顔になるが、彼がこれまで積んできた実績から見ても、『白煙の蜥蜴』に対する評価は俄然《がぜん》高まった。

しかしファディは遠い目をしながら息を吐く。

「……まあ、この戦いで負けるか『白煙の蜥蜴』に多大な被害が及んじゃえば、協力関係を結ぶどころか、そもそも組織自体の存続が危うくなりますけどね」

研いだ牙を生かすこともないまま『白煙の蜥蜴』が自然消滅。

「流石《さすが》に笑えません……」

「けれど、ファディが正しいわ」

「五十人で二百人を相手にするのも難しいはずなのに、加えて多くを生存させよと……」

『白煙の蜥蜴』との協力関係を結んだ時には主要人物の大半が死んでいました……そんなことになれば、この作戦自体が徒労に終わるってことか。

「……損な戦いを選びましたね」

雨音に遮られるくらい微《かす》かな声でフレーゲルが呟く。

「……私たちに選択肢はなかったわ」

足下には無数の棘《いばら》がちりばめられた一本道。

暗雲はより分厚く重なり、青空と地上を分断していた。

稲光と鈍い唸《うな》りが轟《とどろ》くと共に、馬車は悪路を突き進む。


決戦開始五時間前のことだった。

13

雨音が静かに鳴り響いていた。

まるでこの先に待つ結末が最悪のものになるのだと暗示しているかのようで、非常に不愉快な気分だ。

靴底に感じる湿り気と共に、髪を伝う水滴が地に落ちる。

「ドロテア様。前衛部隊、後衛部隊、支援部隊、全ての配置確認終わりました」

びしょ濡《ぬ》れのまま報告をしてきた部下は、だいぶやつれた顔をしている。

「ご苦労。『レッドブロード』到着まで、監視役以外は休んでおけと伝えろ」

「了解しました」

部下が去ると、周囲は途端に静まり返った。

「チッ。湿って火も付かない……この不良品が」

指に挟んだ小さな棒切れは魔術を使っても上手《うま》く燃えず、私はそれを水気の多い土に投げ、思いっきり踏み付けた。

——ああ。こんなふざけた戦いで『白煙の蜥蜴』の未来が左右されるのか。リゲル侯爵との関係が切れ、ファディが組織を抜け、他の巨大裏組織『レッドブロード』『イズ・クラン』に舐《な》められた結果がコレだ。

敗北すれば、私らは皆殺し。勝ったとしても帝国の犬に成り下がる。

はっ。どちらにせよ『白煙の蜥蜴』は事実上の終焉《しゅうえん》を迎えるのか。

膝に手を置き、座ったまま地面に視線を落とす。

「はぁ。くそッ……」

「……気が立ってるね」

飄々《ひょうひょう》とした声に顔を上げると、赤髪の生意気そうな青年が真っ赤な瞳でこちらをジッと見ていた。

「——っ。なんだファディか」

「あっ、何その面倒くさそうなヤツ来たみたいな反応」

「ふっ。よく分かってるじゃないか」

「ん～～～！」

子供っぽく駆け回る馬鹿は頬を膨らませ、決戦前とは思えないほど硬さのない自然体だった。そんな彼の姿を見て、私も少しだけ平静を取り戻す。

「はぁ。着いたならすぐ声を掛けろ」

「いやいや、到着一番でドロテアのとこに来たじゃん」

「そんなこと私は知らないよ」

「じゃあ文句言うなし」

ああ。この感じ懐かしい。

かつてファディが私の組織に居た時も、こんな風に意味のない口喧嘩《くちげんか》をしたものだ。

感慨に耽《ふけ》る時間ではないと分かっていながらも、過去の景色を脳裏に映す。

と、ファディがポンと手のひらを叩《たた》く。

「あっそれと」

「ん？」

「はいこれ」

そして私に片手で持てるサイズの小さな小箱を手渡してきた。

「それ煙草《たばこ》。好きでしょ？」

未開封の新品。それに私が一番好きな銘柄のものだ。

私は湿った煙草の入った箱を遠くに投げ捨て、すぐに渡された箱を開く。

そのまま中から一本取り出し、指先から火の粉を散らして火を灯《とも》す。

「ふぅ……気が利くじゃないか。どういう風の吹き回しだ？」

「べっつに～。たまたま新品がポケットに入ってただけ」

「ふん。吸えもしないガキのお前が何を言ってる」

「うっさいなぁ……」

白煙は細く、でも確かに口から吐き出される。

「それ美味《おい》しい？」

「……ああ。絶品だ」

「そりゃ良かった」

満足気なファディは、自然と私の横に腰を下ろした。

「ねぇねぇ。勝ったら特設新鋭軍に入ってくれるんだよね？」

「馬鹿。協力関係になるだけだ。私は『白煙の蜥蜴』で女王様を続ける」

「……うわぁ。ドロテア独裁政権なんてさっさとヴァルトルーネ様に返上しなよ。その方が幸せになる人多いって」

「ふん。自由に下の人間を扱《こ》き使う快感は誰にも渡さない。私が幸せならそれが一番なんだ。民は王のために、王は王のために生きるものさ」

「最低な人だ……」

冷たい視線を無視して、私は深く煙を吸い込んだ。

いつもの高揚感。でも今日の一本は特別美味に思える。

「ふぅ……」

「………」

沈黙は気不味《きまず》くない。

横に座るファディは、ただ黙って上機嫌で横揺れする。

そんな彼に対して私は、

「なぁファディ。『白煙《はくえん》の蜥蜴《とかげ》』の実権……お前に返してやろうか」

ふと思い付いたことを口にしていた。

彼は驚いたように口を開け、小首を傾《かし》げる。

「え、いいの？」

そして食い付きの良い地声。

その意表を突かれたような顔が可笑《おか》しくて、私は不敵に微笑《ほほえ》む。

「ああ。返してやろう」

「ま、マジか！」

「……私が死んだらな」

そして直後に条件を付け足すと、ファディの表情は秒も掛からず真っ赤に染まる。

「それ退く気ないじゃん！　ドロテアが老衰する頃には俺もおじいちゃんだよ！」

「ふっ。揶揄《からか》っただけだ。付き合い長いんだからそれくらい察しろ」

「はぁ～なんでこんな人に組織任せちゃったかなぁ……人選ミスしたわぁ」

冗談めかして言いつつ、頭を抱えて忙《せわ》しなく暴れるファディをジッと凝視する。

――組織の実権を返す、か。あり得ない話ではない。

何故《なぜ》なら私がこの戦いで生き残る保証なんてものはないのだから。

もしも私がここで命を落とした時は――その時は今の戯言《たわごと》が、現実のものになるかもしれない。そんな暗い未来を頭に思い浮かべたとしても、私はファディの知るドロテアとして振る舞う。気丈な態度で、弱気になる瞬間も、死に怯《おび》える瞬間もない。

「残念ながら死ぬ気はない。この地位はずっと私のものだ」

「はいはい知ってますよーだ」

夢見心地を味わえる時は永遠じゃない。

いつか終わる瞬間は私にだって分からないものだ。

だから保険のように言葉を遺《のこ》すのだろう。


自分がいつ逝っても、大丈夫なように――。

14

「ドロテア様。『レッドブロード』の集団を偵察隊が目視で確認しました」

武器倉庫内部では慌ただしく、人の流動が活発になる。

「ついに始まるのね」

ヴァルトルーネ皇女は俺の手を強く握る。

応えるように、俺も彼女の白く美しい手を優しく握り返した。

「大丈夫です。今回も勝ちます」

「頼りにしてるわ」

『白煙の蜥蜴』の者たちは既に持ち場で待機中。俺らの見える範囲には二十人弱の者たちが、敵を迎え撃つために布陣を済ませている。残るは俺たちだけだが……。

「ドロテア。んで俺らは何すればいいの？」

「お前たちは後衛だ。私の周囲を固めて、有事の際は最後の砦《とりで》として戦え」

ドロテアは腕を組み、遥《はる》か遠くにある対《つい》の大扉を鋭い目付きで見続けている。

ファディは真剣な面持ちのドロテアから視線を外し、フレーゲルを手招きした。

「んじゃフレーゲルさん。俺らはあそこで待機しときましょ」

「ああ。だな」

倉庫内の骨組みを器用に伝い、二人は高い位置に入り込む。

あの高台なら、全体の戦況を見ながら臨機応変に援護を行える。二人は魔術も使えるし、敵の進行を鈍らせる圧力にもなるだろう。

「……我々はどうしましょうか？」

魔術による遠距離攻撃が可能なヴァルトルーネ皇女はともかく、完全近接戦闘型の俺は高所に登ったとしても得意の剣術を活《い》かすことができない。

「俺は『白煙の蜥蜴』の方々に交じって下で戦いますが……」

「なら私もそうするわ」

「ルーネ様はそこまで危険を冒さずとも……」

「アル？　貴方《あなた》は単独戦闘禁止よ」

「今回は他の人もいま……」

「駄目よ？　とにかく私も横で戦うから。分かった？」

「……分かりました」

彼女の言葉に屈し、俺は頷《うなず》くことしかできなかった。

「……ではルーネ様。俺から片時も離れないでください」

「ええ。ずっと貴方の側にいるわ」

なんだか、愛の告白じみたものに聞こえたが、きっと気のせいだろう。

揺れる長い白髪を横目で追いながらも「来たぞ！」という危険を知らせる叫びに、俺の意識は戦闘方面に全振りされた。

15

入り組み錆《さ》び付いた鉄のコンテナが幾つも置かれている武器倉庫。

直線距離を一気に詰められるわけもなく『レッドブロード』の面々は武器を手に持ったままこちらとの睨《にら》み合いを始めた。

「おうおう！　これは『白煙の蜥蜴』の皆さんじゃあないですか？……てめぇらよくも俺らの提案断りやがったな。ああ？」

向こうのボスらしき男が怒号を浴びせると、コツコツと靴音を立てながらドロテアが前に出る。そして長い灰色の髪を揺らして静かな憤怒を放つ。

「提案？　はっ。お前たちの傘下に入れというあのふざけた戯言のことか？　本当に馬鹿らしい。私らは賢く生きているんだ。馬鹿の下で働かされるなんてまっぴらごめんさ」

「このクソアマ……ぶっ殺してやる！」

「脳筋風情が身の程を弁《わきま》えろ。カス」

口汚い言葉で罵《ののし》り合い、互いの嫌悪感はピークに達する。

「まあいい……お前らは全員殺す。土下座して謝っても手遅れだからな」

「全員返り討ちだ。お前たち、容赦は必要ないよ」

互いのボスが最後に告げた言葉を皮切りに、戦端は開かれた。

『レッドブロード』の人員は予想以上に多い。ザッと見れば軽く三百は超えている。

人数有利を持っている『レッドブロード』は当然大人数で無理やり押してくる。

「うらぁ！」

「死ねやぁ！」

そんな彼らの接近に、ドロテアは涼しい顔のまま立ち尽くす。

そしてゆっくりと手を振り下ろした。

「いつも通りだ。濃霧の中で一人残らず蹴散らせ」

刹那、武器倉庫内は全体が真っ白な霧に覆われる。

そしてガチャリと鍵が施錠されるような音が響く。

「な、なんだ……？」

「は？」

『レッドブロード』側の困惑するような声が聞こえ、その次にドロテアの悪魔のような高笑いが倉庫内に反響する。

「ふふ。出口はないぞ。脳筋のクソ馬鹿共……ここがお前らの墓場だ」

「んなっ！」

挑発するような言葉に、苛立《いらだ》ったような怒声が轟《とどろ》く。

完全に『レッドブロード』は怒髪天《どはつ》を突く勢いで進行速度を上げた。

しかしそれも、彼女の術中でしかない。

「――やれ」

低いハスキーボイス。同時に俺たちの近くにいた『白煙の蜥蜴』の面々は霧に困惑することなく前方へと駆け出す。

「うがあっ……！」

「うごっ……」

武器が交錯する金属音は聞こえない。

ただひたすら無防備に、誰かが斬られた悲鳴があちこちで鳴るだけだ。

「どういうこと？」

ヴァルトルーネ皇女の呟《つぶや》きに共感しつつ、俺は上の方にいる者へと声を掛ける。

「フレーゲル！　戦況はどうなってる？」

聞くと息を呑《の》むような喉鳴りが微《かす》かに耳に入る。

「――っ。一方的だ」

「……は？」

「『白煙の蜥蜴』が次々に敵を蹂躙《じゅうりん》してる！　向こうは視界が失われて右往左往しているのに、こっちはまるで全部見えているような動きだ！」

視界が悪いのはお互い様のはず。

この濃霧は数の利を無力化し、勝敗の運要素を強めただけにしか思えなかった。

なのに何故『白煙の蜥蜴』側は一方的な攻勢を仕掛けられているのだろうか。

周辺一体を真っ白な霧で覆ったのは恐らくドロテアの使用した魔術だろうが、その視界不良を撥《は》ね除《の》ける要因が掴《つか》めない。現に俺とヴァルトルーネ皇女は霧を前に視界を奪われ、前方で巻き起こる音をただ聞いているだけだ。

「……ファディは何か知っているか？」

「…………」

「ファディ？」

「……ん。え、あ！　すみません。視界共有に集中してたので聞こえてませんでした。で、何です？」

気の抜けた声ではあるものの、気になる呟きが聞こえた。

「……視界共有？　詳しく聞いても？」

「……ヤベ、忘れてた」という呟きを経て、ファディはわざとらしく咳払《せきばら》いをする。

「えっとですね。視界共有は俺がドロテアに教わった固有魔術です！　こっちの見ている視界を仲間と共有することで、別視点から戦況を覗《のぞ》けるみたいな効果があります。お二人も見てみますか？」

返事をする間もなく、脳内に薄《う》っすらと武器倉庫内を高い位置から見た景色が映し出される。しかも濃霧に包まれているはずの戦場全体がクリアに見える。視界共有は濃霧の効果を相殺する効果もあるのだろうか。何にせよこれは――。

「一方的に有利な戦況を作り出す――『白煙の蜥蜴』が持つ最大の切り札」

「強力な魔術ね」

濃霧の魔術と視界共有。

これら二つがセットになることで、限定的な場所において一方的な攻勢を可能にしているのだろう。

「凄《すご》いでしょ？」

「ああ」

「まあ、既存の魔術と違ってドロテアが強引に編み出したものだから、視界共有は魔力消費がクソ激しいですし、濃霧に至っては使用者の視界まで曇っちゃって視力が低下しちゃうっていう大きなデメリット付きなんですよね～」

語られたマイナス要素は無視できないものだが、それでも効果に関しては文句の付けようがない。

一人がこの魔術を使えるだけで組織全体の戦力が一気に跳ね上がる。

この戦い方が普及すればきっと、戦争の概念が大きく変わってしまうだろう。

「……これなら私たちも」

「戦えそうですね」

倉庫の高い位置は戦場全体を見渡せる。

濃霧の影響を受けない。

だから下で蠢《うごめ》く敵味方の位置を一方的に把握出来る。

「はぁっ！」

ヴァルトルーネ皇女は前方へと渾身《こんしん》の魔術を放つ。

「うがっ……！」

「命中よ……凄いわコレ」

視点の位置が自分の現在地とかけ離れているため、慣れるには時間が掛かるだろうが、この魔術はとても強力だ。

——これなら俺も行けるな。

「ルーネ様。前に出ます」

「付いて行くわ！」

ドロテアの両脇を抜け、俺たちは乱戦になっている武器倉庫中央へと入り込む。

後方部隊だと言われていたが、攻め時ならば思い切って押した方がいい。

味方の横をすり抜け、敵が密集している場所へ最短ルートで駆け抜ける。

「おい、ちょっ！　いくら有利な環境だからって前に出過ぎ……」

「援護は必要ありません。そのままドロテアさんの指示通りに動いてください」

「いや……二人だけで突っ込むとか、正気かよ」

『白煙《はくえん》の蜥蜴《とかげ》』の者は俺とヴァルトルーネ皇女を引き止めようとするが、必要ないことだ。

密集して連携を取って戦う彼らと違い、俺たちは急遽《きゅうきょ》加勢に入った人間。

味方が近いと窮屈な戦い方になり、本領を発揮できなくなる。

「アル。左！」

「——っ！」

彼女が指差す方向に向けて剣を振るう。

敵の心臓を穿《うが》つと、真っ赤な血肉が無惨に飛び散った。

「ルーネ様後ろ！」

「ええ！」

放たれた火球は数人の敵をまとめて吹き飛ばす。

敵陣のど真ん中で、周囲に味方はおらず、当然援護も期待できない。

「……ふふっ。この感じ久々ね」

「あの頃に比べればぬる過ぎますが」

真っ白な空間には俺とヴァルトルーネ皇女が背中合わせで二人きり。

数多《あまた》迫る敵の攻撃を防ぎつつ、即座に反撃を決める。

俺が繰り出す剣技の隙を抜い、彼女は魔術を連続して発動させる。

空気が爆散する轟音《ごうおん》。

悶絶《もんぜつ》する声音と地を這《は》いずり助けを求める弱々しい悲鳴。

血みどろの地面を軽やかに動きながら、俺たちは斬撃と爆撃を寸分の誤差なく交互に繰り出し続ける。

「へへっ。何あの二人……ちょっと強過ぎでしょ」

「アルディアとヴァルトルーネ様、同一人物みたいに息ピッタリだ……」

人生二周目の俺たちは互いの動きを知り尽くしている。

王国と帝国を別《わか》つ大きな戦争を、俺たちはその手で導き続けてきた。

「アル！」

「ルーネ様！」

敵の数は一向に減らない。しかしその勢いは確実に鈍っていた。

卓越したヴァルトルーネ皇女の魔術によって敵は灰燼《かいじん》と化し、俺の繰り出す鋭い刃が敵を貫く。

「皇女殿下とその騎士か。あの二人だけレベルが違い過ぎるね。単体で破壊者。二人揃《そろ》うと天地を揺るがす大災厄……王の器は伊達《だて》じゃないってことかい」

値踏みするような鋭い視線を感じながらも、俺たちは敵を薙《な》ぎ倒し続ける。

無我夢中で暴れ回ること十数分。何十人もの敵を屠《ほふ》りながらも勢いは全く衰えなかった。

順調に行けばこのまま悠々と勝ち切れる。

白霧の中で抱いた希望——しかしそれは、風前の灯火《ともしび》であることを直後知ることになる。

「そろそろ全員後退！　霧が晴れるよ！」

後方から戦況を眺めていたファディから叫び声が上がる。

周囲を見ると、最初の頃よりも霧が薄くなっているのを感じた。

「私たちも引きましょう」

ヴァルトルーネ皇女に手を引かれ、前線を大きく下げた。

「チッ。ガス欠だね」

「ごめん。俺も視界共有の限界来ちゃった」

戦地全体を覆う濃霧の魔術も、数十人が一斉に視界共有を図る魔術も、双方魔力の消耗が激しい。霧が完全に晴れると、その直後ファディの見ていた上からの視点も頭から完全に消え去った。

16

ファディとドロテアの魔力切れ。

それはつまり、大きなアドバンテージがなくなったことを意味していた。

「……さて今ので戦力差はどの程度縮まったか」

息を上げるドロテアは、額の汗を拭《ぬぐ》いながら『レッドブロード』の残党を数える。

そして直後、彼女は大きなため息を吐《つ》いた。

「たく。削り切れなかったか……」

「まだ百五十くらいは残ってそうだね……ちょいヤバめか」

「当初の予定なら、今ので数的有利を完全に打ち消しておきたかったが、無理だったようだね」

ドロテアは奥歯を軋《きし》ませ、悔しそうに目を細める。

二百人程度と予想していた『レッドブロード』の初期戦力は三百を超える大所帯だった。

濃霧で数的不利を帳消しにするという案は大正解だったが、想定人数に誤りがあった故の落とし穴だ。

「ドロテア様。こちらは四人死にました。外に出していた密偵も帰還していないのを見るに全滅かと」

「――っ」

少ないものの、こちら側にも被害がある。

短期決着を望んでいたようだが、現実は中々上手《うま》くいかない。

「ルーネ様。ここから先は」

「危険なのは分かっているわ……でも退路なんて無いでしょう」

それを否定する言葉は紡げなかった。

武器倉庫内は完全に閉鎖された。それは『白煙の蜥蜴』が仕掛けたものであり、今になって己の首を絞める枷《かせ》となってしまった。

「扉の開錠手段は？」

撤退の択も欲しい俺はドロテアに尋ねる。

だが彼女は視線を地面に落とし、震える己の手を固く閉じた。

「……開錠手段は一つ。私が死亡して魔術が解けることだけだ」

「――じゃあ！」

「私たちに残された道は、圧倒的な人数差を背負いながら戦うの一択だけだ。分かっているだろう。死にたくなければ死力を尽くして抗《あらが》え」

詰め寄る『レッドブロード』の者たち。

囲い込むような進行はゆっくり。だが確実に武器倉庫内のエリアを侵食していた。

最早《もはや》考え込む時間すらない。凝然と瞳を開く俺に、ドロテアは大声で叫んだ。

「……これも覚悟していたことだろ？　騎士、主君を殺されたくなければ百五十の敵を討て！　それがお前の果たすべき仕事ってもんだ！　それが無理なら私らと心中してろ！」

——ああそうだ。リスクも承知の上で、俺たちは『白煙の蜥蜴』に手を貸したのだ。

今更逃げようなんて虫が良過ぎる話。

敗北なんて、そんな苦くて辛《つら》いものは味わわなくていい。無様でも、騎士らしくなくとも、俺は目の前で煌《きら》めく勝利だけに拘《こだわ》る。それが専属騎士として、俺が成すべき責務というものだろう。

「……分かりました。ですがここからは、存分にでしゃばりますよ」

「ふん。最初っからお前たちは大目立ちだよ。……アンタらの奮戦はこちらの生命線だ。お前たちが戦死して前線が完全崩壊した時が——私たち全員の終幕だ」

随分重い責任を負わされたものだ。

数多の命運を握り、敗北の許されない連戦を強《し》いられる。

重圧と緊張に押し潰されそうだ。けれど、

「あーもう。クソだるい全面戦争始まんじゃん。頑張るかぁ……」

「……こんなところで死ぬなんて御免だ。マリアナと再会するまで、俺は終われない！」

背後には頼もしい仲間がいる。

そして真横には、この世の何よりも秀美で高潔な最強の主君。

「アル。さっきと同じ……なんなら二人で全滅まで狙いましょう」

敬愛すべきヴァルトルーネ皇女がいてくれる。

瞼《まぶた》を閉じれば、周囲に寄り集まる味方の足音が聞こえてくる。

「ドロテア様には指一本触れさせねぇ……！」

「『レッドブロード』なんかに負けてたまるか！」

「捻《ひね》り潰すぞ！」

味方の士気は高い。勝算が低いだけで、勝機はまだ十分にある。

「……前衛は俺が率います」

黒剣を携え、猛然と揺れる悪辣な集団を睨《にら》む。

数多散らばる味方の屍《しかばね》を踏み越え『レッドブロード』は引き続き、数による殲滅《せんめつ》を狙っている。目立った隙は見当たらないが、密集の薄い箇所は所々見られる。

「手薄な端っこから切り崩すぞ」

「なら俺が中央で囮《おとり》役引き受けますよ！」

ファディは勢いよく手を挙げる。

そんな彼と共に、フレーゲルも柔らかい金髪を揺らす。

「なら俺は、ファディが死なないように魔術で援護射撃しとく」

「ああ分かった。二人とも無理はし過ぎないように」

手筈《てはず》確認を済ませ、俺たちはそれぞれ持ち場に散らばり、敵集団への突撃を始める。

中央にはファディ率いる囮部隊。

右側は最低限の人数で、敵の進行を弾《はじ》くだけの者たち——そして左側が俺たちが本気で突く本命。不穏しか感じない圧倒的な数の肉壁。

その高い脅威を全て斬り捨てた先に、俺たちが生き残る未来がある。

「総員構え……行け！」

雄叫《おたけ》びを上げた勇ましき『白煙の蜥蜴』の猛者《もさ》たちは死地へと足を踏み入れる。

剣と剣がぶつかり、付近は激しく揺れる。

「全員ぶっ殺せ！『白煙の蜥蜴』はもう限界だ！」

「黙れよ！　死ぬのは『レッドブロード』だろうがッ！」

「絶対に勝つ！」

「ぜってぇ負けねぇ！」

多くの血が吹き荒れる。

ほんの刹那に多くの命が、意思を残して散ってゆく。

地肌に付近の戦闘が原因の返り血が付着する。しかしそれを気に留めている者は誰一人としていない。目の前の戦いに――己の命を燃やすことに熱中する。

「はぁっ……！」

振るった剣は歪《いびつ》な軌道で、人肉を轢《ひ》き千切る。

「ふっ！」

綺麗《きれい》な輝きを放つ魔術の光は、敵の瞳に走馬灯を映す。

地面を思いっきり抉《えぐ》り、自然と次の動きに転化する。

皇女付き専属騎士。アルディア＝グレーツ。

ヴァルカン帝国皇女。ヴァルトルーネ＝フォン＝フェルシュドルフ。

残酷な定めに翻弄される二人は今――その運命という激流に渾身《こんしん》の抵抗を見せる。

「俺たちは絶対――！」

「私たちは必ず――！」


「「――生きて帝都に帰る！」」

17

敵陣を粉砕する剣技の一閃《いっせん》が、勝利の糸を手繰《たぐ》り寄せる。

視界を奪いそうなほど眩《まぶ》しい魔術の発光が、血泥《ちどろ》に染まる戦場を燃やし枯らす。

「……ふふ。三倍以上の戦力差だぞ。なのに」

――何故《なぜ》彼らはあんなにも戦意に満ち溢《あふ》れているのか。

諦めて、運命を受け入れるという選択肢だってあった。

それが一番現実的で、利口な終わり方。でもそれを許容する者は誰一人いなかった。

「全く……皇女様の周りも、私の周りも……馬鹿ばかりだな」

自らの死を覚悟し、次々と前線に向かう仲間たち。

本当に愚かだと思う。こんな碌《ろく》でもない女一人のために、大事な命を賭けるのだから。

皆一様に私を生かすために戦うと言って、武器を掲げて死んでゆく。

「俺らが必ず、ドロテア様を生きて帰しますから！」

「ドロテア様。行ってきます！」

——そしてあの馬鹿ガキも。

「ドロテア！　全部終わったら『特設新鋭軍』のドロテアとして、俺が扱《こ》き使ってやるから！　覚悟しといてよ！」

ファディはもう『白煙《はくえん》の蜥蜴《とかげ》』の一員ではない。

彼は暗殺者としての手腕を買われて皇女様の配下となり『白煙の蜥蜴』に居た頃よりも、生き生きとした顔をしている。

本来なら私たちを手助けする必要などないはずなのだが、彼は私とその仲間たちのことを考え、手を貸してくれた。

こうなるだろうなと予想はしていた。

ファディはどこにいようと、誰に仕えようと……私たちとの関係を無下にはしないと。

「……本当に、馬鹿ばかりだ」

馬鹿で良いやつほど、早死にする。

私はそんなヤツらを見送り、何度も何度も生き残ってきた。

いつしか悲しみで流す涙も枯れ果て、私は私のために生きることを選んだ。何がなんでも生き続け、無様でも仲間たちの死が無駄ではなかったと思わせたくて『白煙の蜥蜴』を率い続けた。

私はそんな残酷な女王だった。

そう――残酷な決断を下してきたのだ。


――でも今回は違う。

「……え、ドロテア様？」

「前に出る」

「いや、ちょっ！　お待ちくだ……！」

困惑する部下の声を遮り、魔力の尽きた身体《からだ》で血生臭い地獄を駆ける。

「もう潮時だよ……」

王様面は心地良くて、苦しかった。

心を押し殺して。

仲間を見殺しにして。

大して価値のない延命に縋《すが》っていた。

けれどそれももう。

「──終わりにしよう」

中央ではただ一人、敵と睨み合うファディの姿があった。

私に啖呵《たんか》を切って、意気揚々と戦いに向かった癖に、全身切り傷だらけ。

「みっともないね」

「──っ！　なんで？」

彼は驚いたように目を見開いた。私は低く落ち着いた声音でいつもの調子で告げる。

「別に。気が向いただけだよ」

そんな都合の良い嘘《うそ》を吐《つ》いた。

私は嘘ばかりの人生を歩んできた。

ありとあらゆるものを偽る自分が嫌いだった。

でも……今回吐いた嘘だけは。

「──っ！」

「え、ドロ……テア？」

──言ってて苦しくないし、自分を嫌いにならなくて済む。そんな優しい嘘だった。

18

戦闘真《ま》っ只中《ただなか》の俺を押し倒し、ドロテアは覆い被《かぶ》さるように動かなくなった。

「え、ドロ……テア？」

彼女はいつになく優しい微笑《ほほえ》みを浮かべながら、粘り気のある鮮血を吐き出す。

「かはっ……」

「な、に……を」

彼女の背中には無数の矢が突き刺さり、唇を震わせながら弱々しい声音で囁《ささや》く。

「まったく……最後まで、手の掛かるガキだ」

赤い。赤い。赤い。

頭が沸騰するように熱い。

全身に彼女の熱が……血の温度を感じる。

どうして。どうして。どうして俺なんかを庇《かば》った。

頭が回らない。

痛々しい傷口からは源泉のように真っ赤な液体が溢れ止まらない。

「何してんだよ！　ドロテアッ！」

声を荒らげた絶叫は武器倉庫全体に響いた。

「……ふっ。泣くな」

「――っ」

彼女は血に染まった指先を必死に伸ばし、俺の目に溜《た》まった涙を拭う。

俺はその細くしなやかな指を片手で包み込み、張り裂けそうな胸を押さえて尋ねる。

「どうして……」

喉が嗄《か》れてまともな声が出せない。

視界は自然と浮き上がる涙によって潤んで歪《ゆが》み、身体中の温度が一気に抜けていくような寒さを感じる。

「……無事か？　怪我《けが》はないか？」

「無事だよ……ドロテアが、守ってくれたから」

「そうか。なら身体を張った甲斐《かい》があったってもんだね」

黒い布で覆われていて、全く見えないはずなのに、力強かったドロテアの双眸《そうぼう》から段々と光が抜け落ちていくような感じがした。

横たわる彼女の肩を揺すり、俺は大粒の涙を流し俯《うつむ》く。

「ごめん……俺が油断してたから、そのせいでドロテアが……ごめ、ごめん」

嗚咽《おえつ》で言葉が詰まる。

まだ話したいことが沢山ある。それなのに謝ることしかできない。

そんな俺に彼女は小さく微笑みかける。

「ファディ……約、束。『白煙の蜥蜴』をお前に……」

「何を馬鹿なこと言ってんだよ！　ドロテアはまだ女王様をやるんだろ！　俺がおじいさんになるまで——玉座は譲らないって、そう言ってたじゃないか!?」

「……ふ。すまない。それはどうやら、無理そうだ……」

「う――っ！」

彼女の肌から体温が喪失されてゆく。

傷口を押さえても、血が止まらない。

「ファディ……どうか、頼む。『白煙の蜥蜴』はお前が、導け……ッ」

「嫌だ。待って……俺を置いていかないでよ。ねぇ、ドロテア！」

摑《つか》んだ指先は脱力し、重力に従い手の内から零《こぼ》れ落ちる。

「……あ」

涙で視界がぐちゃぐちゃになる中、彼女の口角が微《かす》かに上がる。そして、

「……ありが、とう。最期を看取《みと》るのが、お前で良かったよ」

「――っ！」

――待って。待って。待って！

必死に肩を両手で揺らすが、それ以上彼女が口を開くことはなかった。

「どう、して……」

周囲の騒音は何も聞こえず、俺はただ彼女の顔を見つめ続ける。

「……教えてよ。なんでそんなに幸せそうに笑うんだよ。ドロテアのこと……全然分かんないよ」

安らかな面持ちで瞼《まぶた》を閉じた彼女は、もう何も答えてはくれない。

『……ありが、とう。最期を看取るのが、お前で良かったよ』

――彼女はそれを最後に動かなくなった。

19

醜く悶《もだ》え足掻《あが》く姿が目に映り込んだ。

武器を失った無精髭《ひげ》の汚らしい男は、足下に縋り付き懇願する。

「た……助け、ぐっ！」

「……ざけんなよ」

その命乞いを聞き遂げる間も無く、首筋をナイフで掻《か》っ捌《さば》いた。

――ドロテアの力ない姿に、これまで抱いたことのないほど大きな怒りが沸々と込み上げてきた。

彼女の息はもうか細く、出血の多さから見ても多分助からない。

彼女の息絶える瞬間を見たくなくて、俺はその場をソッと離れ、敵陣へと歩み出した。

「……許さない。絶対に許さない！」

組織の者たちから熱く慕われていたドロテア。

そんな彼女の真っ赤に染まった姿を見て『白煙の蜥蜴』の面々は皆等しく憤慨した。

「ドロテア様……っ！」

「俺たちが不甲斐《ふがい》ないせいで……」

「『レッドブロード』……潰してやるッ！」

仲間はもう二十人を下回るくらいにまで減っていた。

敵味方問わず、武器倉庫内には血溜《ちだ》まりに横たわる死体がずらりと並ぶ。

両組織共に仲間を失い過ぎた。引っ込みなんてものは付かず、どちらかが全滅するまで戦いは終わらない。

「……行くぞ。俺たちはもう進むしかないんだ」

低く唸《うな》るような声音が響くと、『白煙の蜥蜴』の面々は悔しさに震え、絶叫する。

「うぁぁぁぁぁぁっ……！」

「ドロテア様を……よくも！」

「逃がさない。一人残らず殺してやる……」

憎悪に満ちた集団は、痛みに、怪我に、死に、全てに恐れを抱くことなく、ただ目の前の憎むべき敵を殺すことだけに執着する。

そしてその憎しみに溺れた哀れな集団を動かすのは、誰よりもドロテアを失った悲しみに暮れた者。

「皆聞け！　ドロテアに代わり、ここからは俺が『白煙の蜥蜴』を導く！」

今までの俺に背負うものは何もなかった。

ただ身軽に、自由に生きるのが俺らしさだった。

それが許される環境だった。

でもそんなぬるま湯に浸《つ》かり続けるのは、今日で終わりだ。

俺の自由を担保してくれていた存在は――もういない。

彼女の背負ってきた呪縛を、今度は俺が継ぐ。

「ドロテアより『白煙《はくえん》の断蜴《とかげ》』頭領を継いだファディが命ずる。『レッドブロード』を皆殺しにしろ！　それが死んでいった者たちに俺らが与えてやれる唯一の手向《たむ》けだ！」

仲間たちは皆一様に頷《うなず》き、新たなボスの就任を認め歓迎する。

「ファディ！　その命令を待ってたぜ！」

「ああ。死ぬ前に一矢《いっし》報いてやるよ！」

「俺らの生き様、『レッドブロード』の連中に刻んでやる！」

残された数少ない復讐《ふくしゅうしゃ》者たちは今一度覚悟を決める。

「総員、行け！」

残存戦力での総攻撃。相手は未《いま》だ百を超える大軍勢。

二十人を下回った俺たちにとっては苦し過ぎる戦況だった。

勢いだけでなんとかなるほど世界は甘くない。

だから怨嗟《えんさ》を糧に進み続ける者たちでも、敵の数に押されて膝をつく者が次々に現れる。

――不味《まず》い。このままだとジリ貧で全滅する！

どこもかしこも劣勢、劣勢、劣勢。

こんなところで終わるわけにはいかない。

俺はドロテアの仇《かたき》を取らなきゃ、死んでも死にきれない。

絶望を感じる惨《むご》たらしい戦禍。

そんな中、唯一数の暴力に屈していなかった人たちがいた。

「――はぁ！」

「――ふっ！」

ヴァルトルーネ様とお兄さんの二人だった。

繊細な動きの中にある互いへの信頼。

お兄さんが剣で敵を薙《な》ぎ倒し、その動きに合わせてヴァルトルーネ様は正確無比な魔術を立て続けに放つ。多分あの二人がこの戦いで死ぬことはないのだろう。

たとえ『白煙の蜥蜴』の者が全員死に絶え『レッドブロード』が残存総戦力を挙げて二人を屠《ほふ》ろうとしても、あの隙のない連携の前では、命に刃を届かせることは叶《かな》わない。

――そう。あの二人は唯一勝利する可能性を秘めている希望だ。

だとしたら勝ち目はまだ十分に残っている。

「ヴァルトルーネ様、お兄さん！　三十秒……いえ、十秒で構いません。時間を稼いでくれませんか？」

叫ぶと、二人は顔を見合わせ周囲に集《たか》った敵を一瞥《いちべつ》してから頷く。

「分かったわ！　私たち二人で時間を稼ぐわ！」

「一閃《いっせん》重いのを入れます。ルーネ様」

「ええ！」

お兄さんの斬撃に合わせ、ヴァルトルーネ皇女は高い跳躍で後方へと舞い戻り、魔術の発動準備を開始する。

「させるかぁ！」

「死ねぇ！」

彼女に迫る数多くの敵も、

「貴様らごときがルーネ様の前に立てると思うな」

お兄さんの黒剣による斬撃で吹き飛ばされる。

主君には指一本触れさせない。溢《あふ》れんばかりの気概が戦場の空気をピリつかせた。

そして相手が怯《ひる》んだ隙に、ヴァルトルーネ皇女は魔術で分厚い氷壁を築き『レッドブロード』の進行を完全に遮断した。

「これで少しは時間稼ぎになるはずよ」

「ファディ！」

振り向く二人は俺に信頼を込めた視線を寄せる。

二人はいとも簡単に敵の進行を阻んでくれた。

俺のために敵撃破に使う時間を別の動きに割《さ》いてくれたのだ。

ならば俺は、その信頼に報いる仕事をする。

俺の体内に残っている魔力はない。視界共有をした時に魔力の全てを使い切ったからだ。

でも魔力が残っていないから、魔術が使えないわけじゃない。

魔力回復薬の瓶を一気に飲み干し魔力を再び絞り出す。

「お前らには足掻く暇さえ与えない！」

『レッドブロード』の者たちが密集する足下には黒い霧が漂い始めた。

「終わりだ。何も分からぬまま、無様に死んでゆけ」

そして霧は色濃く次第に量を増し、微かにでも触れた者たちに異常を植え付ける。

「……目が」

「暗い。何も見えないッ！」

視界共有とは真逆の魔術――【視界剝奪】

黒い霧を媒介とした状態異常魔術は、触れた者の視野を最低二、三分間だけ完全に奪うことができる。

僅かな効果時間だが、今の戦況においての影響力は抜群だ。

「……っ」

手足から力が抜けてゆく。

魔力回復薬では補いきれないほどの魔力を必要とする魔術。

魔力の不足分が身体《からだ》を動かすために必要な体力から差し引かれたのだろう。

――そしてそれでも足りず、生命力、つまり寿命も若干吸われた気がする。まあでも、

「……どうでもいいか。そんなこと」

切り札を温存して死んでしまっては元も子もない。

意識が朦朧《もうろう》とし、激しい頭痛と共に身体に凄《すさ》まじい重力が伸《の》し掛かる感覚に陥る。

「あとは……任せました」

前線に立ち、錯乱する敵を切り刻む真っ黒なお兄さんの頼もしい背中に、小さな声で告げる。お兄さんは振り返らなかったが、横に立つ凜《りん》としたヴァルトルーネ様と敵を葬り続ける姿は、俺に安心感を与えてくれた。

20

ファディが発動した魔術は敵集団を混乱に陥れた。

彼らの目元に纏《まと》わりつく黒い霧は視界だけでなく、同時に冷静さも奪っていた。

「……これなら勝てるかもしれません」

「ええ。でもファディが」

ファディは俺たちの背後でゆっくりと倒れる。

意識を失うくらいに彼は無理をして魔術を放ったのだろう。

彼の頑張りを無駄にしないよう、幕引きはきっちり付ける。

「……ルーネ様。ここは俺が」

「私も行くわ」

「いえ……」

俺はヴァルトルーネ皇女の肩に手を置き、後方に視線を向ける。

『白煙の蜥蜴』をここまで導いてきた功労者ドロテア。

力なく横たわる姿は一見死んでいるかに思えるが、彼女の胸元は呼吸によって微《かす》かに上下している。

「ルーネ様は彼女の治療をお願いします」

「……治癒魔術は万能じゃないわ。絶対に助けられるとは限らない」

「それでも、お願いします」

「……分かったわ。でもあまり期待しないでね」

ヴァルトルーネ皇女の表情を見て、なんとなく察しはついていた。

ドロテアはもう助かる見込みがほぼゼロであることを。

治癒魔術の効果は開かれた傷口を塞ぎ、それ以上の出血と痛みを止めるものだ。だから失われた血を戻すことはできないし、損傷箇所があまりに大きい場合は傷口全てを塞ぎ切れない場合もある。

治癒魔術は失われた四肢を生やしたり、死の淵《ふち》にいる人間を蘇《よみがえ》らせるような都合のいいものじゃない。おまけに魔力消費も激しい高度な魔術。

ヴァルトルーネ皇女がドロテアの治療を行えば、恐らく大半の魔力を使い果たし、戦闘に復帰するのは困難になる。

――それでも俺はドロテアの命を救っておきたいと、そう考えている。

情が湧いたとかではない。ドロテアは『白煙の蜥蜴』の者たちにとっての精神的支柱だ。

助かる可能性が限りなく低かったとしても、彼女を生かすことができれば『白煙の蜥蜴』に大恩を売ることができる。

これは後の利益のために必要なことだ。

「ドロテアの治療、よろしくお願い致します」

「ええ。代わりに戦闘は任せたわ」

互いに逆方向へと歩を進め、俺は上方で待機中のフレーゲルに視線を向けた。

『ルーネ様を頼む』

そんな意味を込めて目を細めると、彼は軽く頷き、そのまま彼女に近い敵を魔術で狙い撃ち始めた。これでヴァルトルーネ皇女が不意打ちを喰《く》らう可能性は限りなく下がった。

俺は前にいる敵だけに集中できる。

死臭の漂う屍《しかばね》を踏み越え、俺は剣を構えた。

「ルーネ様の悲願を叶えるためには、ドロテアの力が必要だからな。雑兵の相手は俺だけで十分だ」

目標は敵の早期殲滅《せんめつ》。俺の仕事は最低限の動きで、敵の首を刎《は》ねて回るだけ。

特別なことは何もしなくていい。

幾度となく繰り返し行ってきたいつも通りの虐殺だ。

「――ふっ！」

武器倉庫内の障害物や壁を蹴り、素早く駆け抜ける。

狼狽《うろた》える敵対者の首筋に剣を沿わせ、力の限り剣を振り抜く。

「ぐえっ！」

「うっ……！」

「ギッ！」

ファディの魔術で視野を奪われた敵は、反撃することなく次々に絶命する。

もっと激しい抵抗をしてくるかと思っていたが、視界を奪われた影響は予想以上に大きかったようだ。

「がっ……」

敵の胸部を剣で貫けば、それまで暗闇に怯《おび》えて叫んでいた者も途端に息を詰まらせる。

「……これなら、理性を捨てる必要も無さそうだな」

剣先を伝う血を振り落とし、次の標的に向かって剣を伸ばす。

剣の勢いは衰えることなく、数十の敵を同時に斬り刻む。

「うぐっ！」

「ぎゃっ！」

「ぐはっ……」

敵を殺す度に沸き上がる高揚感はない。

ヴァルトルーネ皇女が背後に控えているからだろうか。

冷静さを欠いたみっともない姿を彼女に見せるわけにはいかないという俺が持つ唯一の自尊心が、欲望のままに動くことを阻害していた。

けれどもメチャクチャに戦っている時よりも、敵を殺すスピードは速い。

「なるほど。極限状態でも冷静さを保つことで、次の動き出しを速められる。良いことを知った」

新たな発見に感謝の言葉を述べながら、細かく斬り刻まれた肉片を天へと撒《ま》き散らす。

「さてと……お前で最後だ」

「何っ……!?」

「他の者たちは皆死んだ。そしてお前も、今から俺があの世へ送ってやる」

彼はこちらが見えていないのだろう。

最後に生き残った『レッドブロード』のボスは、冷や汗を流しながら怯えたように奇声を上げてがむしゃらに剣を振り回す。

そんな男の無様な醜態を冷めた目で眺めて俺はため息を吐《つ》いた。

「さて。言い残すことは何もないな?」

「まっ、待てっ！　話をしよ……ッ！」

「その必要はない」

「ぎっ。がぁぁぁぁっ……！」

命乞いを気に留めず、彼の口内に剣先を思い切り押し込んだ。

顎からは止めどなく血が滴り落ち、激痛により手足が小刻みに痙攣《けいれん》し始める。

「お前が最後だからな。特別に長い苦しみを味わわせてやろう」

「――――っ！」

「もう声も出ないか。ああ、悪い。喉も潰していたよ」

剣を上下左右に動かすと、潰れた喉仏が骨と共に剝《む》き出しになっていく。

喉に空いた傷穴から空気の漏れ出る音を聞きつつ、俺は彼の耳元で囁《ささや》く。

「『レッドブロード』はもう終わりだ。埃《ほこり》っぽくて薄暗い廃倉庫の中で、貴様らは全員無様に死ぬ。ふっ……愚かな畜生共にはピッタリの末路じゃないか！」

「――っ！」

コイツらのせいで、『白煙《はくえん》の蜥蜴《とかげ》』側は多くの犠牲を払うことになった。

ヴァルトルーネ皇女の助けになるかもしれない人材を奪い去ったその罪は重い。

「せっかく『白煙の蜥蜴』を丸ごと手に入れるチャンスだったのに、貴様らのせいで、仲間になるはずの人間が沢山死んでしまった。この代償はその粗末な命で払ってもらうぞ」

「う……っ」

剣を喉深くまで押し込み、その無様な泣き顔を嘲笑《あざわら》う。

「安心しろ。すぐに『レッドブロード』の各拠点に大量の兵士を送り込んで、他のお仲間も全員根絶やしにしてやるから。良かったな——全員仲良く地獄行きだ」

「んぅぅ……っ!!」

余計なことをし、ヴァルトルーネ皇女の手を煩わせるような者は、誰であれ万死に値する。誰一人として生きて帰れると思うなよ。

涙目の男を見下ろしながら、俺は剣を握る手に力を込める。

「無駄話はこれくらいにして……そろそろ終わりにしよう」

「————」

口に突っ込んだ剣を勢いよく上に引き上げ、頭部を真っ二つに引き裂いた。

「……最後は呆気《あっけ》なかったな」

ジワリと地面に広がる血溜《ちだ》まりを眺めながら、剣を鞘《さや》に収める。

この場に赴いた『レッドブロード』の者たちは全滅。

残念ながら『白煙の蜥蜴』側も甚大な被害を負うこととなった。

けどまぁ、

「……ルーネ様さえ生きていれば、なんでもいいか」

敵戦力が予想以上に多く、苦戦を強《し》いられたものの『白煙の蜥蜴』に抗争での勝利を与えることができた。これで『白煙の蜥蜴』はヴァルトルーネ皇女の支配下に置かれる。

未《いま》だドロテアの側で魔術を使うヴァルトルーネ皇女を眺めながら、立ち尽くす『白煙の蜥蜴』の者たちを順に見回す。

ドロテアの生存を願う彼らは、ヴァルトルーネ皇女が彼女を救おうとする姿に釘付《くぎづ》けだ。

彼らは勝利に沸くこともなく、ただ祈るように瞠目《どうもく》している。

——ああ、これでいい。完璧だ。

ドロテアの生死がどうなろうと、彼らはヴァルトルーネ皇女の優しさを垣間見《かいまみ》て、彼女に心酔してくれるはずだ。

「生きていれば御の字。死んでもまあ、ヴァルトルーネ皇女が『白煙の蜥蜴』の者たちから信頼を得るのは確実だな」


血生臭い武器倉庫内には、外部からの雨音が響き続けていた。

抗争に勝つという目的を達し、忠義に厚い人材を手にできた。

その結果が得られた時点で、この戦いの結末はハッピーエンドと言えるだろう。

21

もう彼女は手遅れだと思う。

横たわるドロテアの傷口にソッと手を添え、私は息を呑《の》んだ。

未だ溢《あふ》れ出す血液の多さに『失血死』という最悪の事態が頭に浮かぶ。

「……お願い」

治癒魔術を彼女に使用して、ありったけの魔力を注ぎ込む。

傷口はゆっくりと閉じてゆくが、流れ出る血は止まらない。

「……っ！」

急激な魔力消費をしたことにより、凄《すさ》まじい頭痛が襲ってくる。

「絶対に救うわ……！」

しかし魔力を注ぐのは頑《かたく》なに止《や》めなかった。

本来なら、彼女の治療よりも先に『レッドブロード』の殲滅をすべきだ。

彼らを迅速に倒さなければ『白煙の断蜴』に波及する死傷者数が更に増加する。

ドロテア一人を助けるよりも、その他大勢の死を未然に防ぐ方が賢い選択だ。

けれども私は、戦うよりも先に彼女の治療を選んだ。

理由は至極単純。この世界で一番信頼している私の専属騎士――アルディアが頭を下げ、彼女を救って欲しいと懇願してきたからだ。

『ドロテアの治療、よろしくお願い致します』

力強く真剣な彼の眼差《まなざ》しを見て、断ることはできなかった。

彼はとても優しい心の持ち主だから、ドロテアが死んでしまうことを許容できなかったのだろう。それかファディの悲しむ姿を見たくなかったからか……どちらにせよ、彼の意思を私は尊重したい。

「分かっているわ。貴方《あなた》は大事なものを全て守るのよね」

アルディアの望みを叶《かな》えてあげたい。

彼に相応《ふさわ》しい主君になるべく、私はドロテアを生かしてみせる。

「――っ」

治癒魔術を継続して使うものの、ドロテアの容体は好転しない。

呼吸は段々と遅くなり、心臓の動きが微小になってゆく。

――ダメ。このままじゃ！

「生きて……お願い！」

彼女の肌に触れながら、私は大声で呼び掛けた。

「――っ」

本当は分かっている。

今更結果は変わらないのだと。

治癒魔術によって傷口は完全に塞いだ。魔力を使い果たし、役目を終えた私にやれるのは、彼女が目を覚ますのを祈ることだけ。

ドロテアが再び目を覚ますか否かは、正直全く分からない。かつての戦場で彼女と同じくらいの大怪我《おおけが》を負った者たちは、九割以上の確率で助からなかった。

なんとか一命を取り留めた者であっても、後遺症が残ったり、最悪の場合は数日後に容体が急変して死に至る。

完治する確率としては一パーセントにも満たないかもしれない。

ドロテアの首筋に手を当てる……脈はまだあるものの、額からは大量の汗が流れ、とても苦しそうだ。

「……衰弱が激しいわね」

このまま力尽きる可能性が高い。でも私は、

「お願い。貴女《あなた》が生きることを望む人たちが沢山いるの。『白煙の蜥蜴』には、貴女の存在が不可欠なのよ！」

彼女の回復をひたすらに祈り続ける。

「ファディは貴女のことをまだ必要としているわ。こんなお別れ、誰も望んでいない。貴女だって、本当はこんなところで終わりたいわけじゃないでしょう？」

——生きて。

「『白煙の蜥蜴』の人たちは貴女が目を覚ますのを待っているわ」

——死ぬのはダメ。

「帝国を守るために私も貴女に力を貸して欲しい。私と一緒に明るい未来を紡いで欲しい」

——貴女はこんなところで死んでいい人じゃない。

「——お願いだから蘇《よみがえ》って！」

願いを込めて叫び続けると、一瞬視界が真っ白になった。

武器倉庫内を覆うほど激しい閃光《せんこう》。

それは私が握り続けたドロテアの手のひらから発せられたものだった。

「な、に……!?」

私の身にどこからともなく莫大《ばくだい》な量の魔力が流れ込んでくる。

そしてその魔力は私を通して、瀕死《ひんし》のドロテアへと向かう。

彼女の全身は青白い光で包み込まれる。

——ああ、これで彼女は助かるわ。

その魔力の出どころすら分からないのに、そんな感情を抱いていた。

「……これで、ドロテアは助かっ……」

気が抜けると、視界が霞《かす》む。

重くなった上半身は、左右に揺れながらドロテアの上に覆い被《かぶ》さるように倒れた。

「ルーネ様ッ!」

意識を手放す直前、敬愛する専属騎士の叫び声が私の耳に響き渡った。

22

倒れたヴァルトルーネ皇女の方へ駆け寄ると、彼女の下敷きにされ不快そうに口元を歪《ゆが》ませた眼帯の女性が咳《せ》き込みながら呟《つぶや》く。

「……重い」

生死の境を彷徨《さまよ》っていたとは思えないくらいに、彼女はすぐに上体を起こした。

「ドロテア様、良かった生きてる！」

「てっきりもうダメかと思いました」

「うるさいね。頭に響くから声量を落としな、この馬鹿ども」

「この罵《のの》り方……間違いなくドロテア様だぞ！」

「変な確認の仕方はやめろ」

『白煙の蜥蜴』の者たちは、ドロテアが目覚めた途端に歓声を上げて、喜びを爆発させている。対してドロテアは釈然としないと言いたげな顔を俺に向けた。

「……何故《なぜ》私は生きている？」

「ルーネ様が治癒魔術を貴女に使ったからだ」

簡潔に説明をするが、彼女の顔色は未だ曇ったまま。

「治癒魔術は万能じゃない。私が負ったのは治すのが困難なほどの大怪我だった……それなのにこうも完璧に治してしまうとは」

ドロテアは自分の腹部の上に伏すヴァルトルーネ皇女を見つめる。

「大したものだよ。彼女には返しきれないほどの借りができちまったね」

「そう思うんだったら『白煙の蜥蜴』の方々には是非、特設新鋭軍の諜報員《ちょうほういん》として活躍していただきたい」

「…………」

「ルーネ様のためにも」

彼女は口を噤《つぐ》んだまま、首を横に振る。

「これでもまだ彼女の傘下には入りたくないと？」

「いや、命の恩人に尽くせるのは至極光栄なことだと思っている。ただその話をする相手は私じゃない」

「と言うと？」

「……私は実質一度死んだ。今こうして生きているのは奇跡みたいなものさ……『レッドブロード』と交戦する前、私はファディに言ったんだ。『私が死んだら『白煙《はくえん》の蜥蜴《とかげ》』をお前にくれてやる』ってね」

「つまり自分は死んだから『白煙の蜥蜴』の頭領の座を降りたと？」

「ああ。『白煙の蜥蜴』の全権はファディに委譲した。もし『白煙の蜥蜴』をその特設新鋭軍とやらに組み込みたいのなら、ファディと相談するんだね」

彼女の言葉は、こちらの要求を全て呑むということに等しかった。

「……いいのですか？　王は民を捨てないと話していたじゃありませんか」

「ふっ。覚えていたのか……まあそうだね。本当なら『白煙の蜥蜴』を手放すつもりはなかったんだが——任せてもいいと思えたからね」

彼女はゆっくり立ち上がり、魔力切れで気絶しているファディの方へと歩を進めた。

そして両手で彼を抱き上げ、そのまま周囲を一瞥《いちべつ》。

「お前たち、抗争は終わったんだ。仲間の遺体だけ回収してサッサとずらかるよ！」

「「は っ、はい!!」」

帰り支度を指示するドロテアの傍らで、俺もヴァルトルーネ皇女を背負う。

そう言えば、一つ聞くのを忘れていたな。

「ドロテア」

「……なんだい神妙そうな顔して」

俺は出入り口を指差しながら告げる。

「武器倉庫の扉は、アンタが死んで魔術が解ける以外に開ける方法がないんじゃなかったか？」

そう。俺が知りたかったのは、この倉庫からの脱出方法だ。

ドロテアは首を傾《かし》げ、惚《とぼ》けたようにそっぽを向く。

「……愚問だね。そもそも今回の戦いは生きて帰ることを想定していなかった。だから扉は絶対に開かない」

「つまり出られないと？」

「ああ。まあ……そういうことになるね」

声音は実に落ち着いたものだが、外に出られないというのは大きな問題だ。

「まあ大丈夫ですよ！」

「そうそうドロテア様さえ生きていればそれでいいよなぁ！」

『白煙の蜥蜴』の者たちは事の深刻さを理解していないし……。

「強引に破壊するにしても、あの堅そうな鉄扉はそう簡単に開かないのですが」

「ああ。それに魔術で補強してあるから、見た目以上に強固だしね」

「……本当にどうするんだよ」

「無理やり破壊するしかないだろう？　『レッドブロード』を圧倒したその剣技。それを遺憾なく発揮してくれ」

そう吐き捨てた彼女は、気の抜けた大きな欠伸《あくび》をした。

そして「因《ちな》みに私は病み上がりだから、後のことは全部任せた」などと言い、倉庫の端で煙草《たばこ》を吸い始める始末。

戦いの時の凄味《すごみ》はどこへ行ったのやら。本当に身勝手な話である。

「おいアルディア。出れないって本当か？」

話を聞いていたフレーゲルが眉を顰《ひそ》めがらこちらに駆け寄る。

「ああ……どうやらそうらしい」

「ヴァルトルーネ様もファディも気絶しているし、俺らで何とかするしかないな」

フレーゲルは誰よりも早く、ドロテアの魔術によって閉ざされた鉄扉に魔術を撃ち込み始める。しかし、

「……開く気がしない」

何発か魔術を撃ち終えたところで、絶望したような声で彼は小さく呟く。

「……はぁ。俺も手伝う」

「頼む。俺の魔術じゃびくともしなくて……」

結局、扉を破壊するのに二時間以上かかった。

途中『白煙の蜥蜴』の者たち（ドロテア除く）に協力してもらいながらも、これだけの時間が掛かった。単なる鉄扉なら十数分で破壊できただろうに……改めてドロテアが魔術師としていかに優れているのかを理解させられた。

「おお。もう開いたのか。想像の数倍は早かったね」

ただ、この反省の「は」の字すら見せない悪びれない態度には、今後も頭を抱えさせられそうだ。

「次からは、自分で蒔《ま》いた種くらい自分で片を付けてくれ」

「そう細かいことで怒るな。カリカリしていると早死にするぞ?」

「実際死にかけたアンタにだけは言われたくない」

「ふっ。お堅い騎士かと思ったら随分面白いことを言うじゃないか。気に入った」

「……それはどうも」

魔術と剣撃で歪《いびつ》に開けられた鉄扉を通り抜け、ようやく今回の任務は終わりを迎えた。

——まあ、事後処理は山のように残っているんだが。

23

「お兄さん！『白煙の蜥蜴』が仲間になりましたよ！」

快活にサムズアップをするファディは、ここ最近で一番機嫌が良さそうだった。

机上の書類の山を横に避《よ》けつつ、俺はファディの方へと顔を出す。

「……それは良かったな」

「あれ。なんかテンション低くないですか？」

「それはまあ……『白煙の蜥蜴』を特設新鋭軍へ組み込むのにかなり苦労したし。各所への説得とか、事務手続きとか、あとは一人一人の経歴を作り替えたり、新部隊の立ち上げ予算を無理やり引っ張ってきたり……」

正直なところ『白煙の蜥蜴』を自然な形で特設新鋭軍に加入させる方が大変だった。

三日三晩この執務室でペンを動かし続ける地獄はもう懲り懲りだ。

「あはは。お兄さん戦っている時は生き生きしてるのに、今はゾンビみたいに萎《しお》れた顔ですもんね！」

『白煙の蜥蜴』と『レッドブロード』の抗争から五日。

『白煙の蜥蜴』は晴れてファディが仕切る皇女専属の諜報《ちょうほう》組織となり、その中にはヴァルトルーネ皇女の手により一命を取り留めたドロテアの姿もあった。

「一応言っておくが、彼らが『白煙の蜥蜴』の人間であることは」

「分かってますよ。言いませんって」

「分かっているならいい」

彼らが裏組織の人間であることは当然秘密であり、貧民街出身の一般市民から特設新鋭軍に加入した人々ということで、話を通すこととなった。

「……あと、変な問題とか起こさないようにしっかり教育してくれよ？　これ以上仕事を増やされたら流石《さすが》の俺も死ぬ」

「かしこまりです♪」

「……冗談じゃないからな？」

ファディを部隊のリーダーにして大丈夫だろうか。

まあ、彼のお目付け役としてドロテアも健在だし……いや余計に心配だな、それ。

一緒になって碌《ろく》でもないことしでかしそうだ。

期待半分、不安半分。

彼らが今後どのような活躍をするのか、現状まだ未知数である。

「お兄さんお兄さん！　あとねあとねドロテアがさぁ！」

「はいはい聞いてるよ」

「それでそれで、俺のことをメッチャ褒めてくれて……」

「なるほど。へー」

「で、その後にね～」

「うんうん」

　ファディの話を書類仕事の傍ら聞いていると、彼は突然思い出したように「あっ！」と大声を上げる。思わず肩が反射的に上下に震えてしまった。

「……急にどうした？」

「いや。そういえば、お兄さんにアレ、言い忘れてたなと思って」

「言い忘れてた？」

「……何を？」と聞き返す前に、彼は真っすぐに背筋を伸ばし、綺麗《きれい》に一礼する。

「お兄さん。『白煙の蜥蜴』を――俺の大事な人たちを救ってくれてありがとうございました！」

　それは彼の誠意の籠った感謝の言葉だった。

　しかし俺は、抗争において大したことはしていない。

「――っ。その言葉は俺じゃなくて、ルーネ様に伝えるべきだろ」

「いえ。ヴァルトルーネ様とかフレーゲルさんにはもう『ありがとうございます』って言ったんです。あとはお兄さんだけなので、へへっ」

　ファディは指をこねくり回しながら、気恥ずかしそうに瞳をあちこちに動かす。

「……もし皆さんが今回の件に協力してくれていなかったら『白煙の蜥蜴』は全滅して、ドロテアも助かってなかったと思います。だから俺含め『白煙の蜥蜴』はお三方にすっごく感謝してるんです」

感謝されるというのは悪い気がしない。それに彼らが恩を感じてくれているというのなら、俺の思惑通りに事が運んだことを意味している。

「……感謝しているんだったら、ルーネ様のために一層尽力してくれ。それが『白煙の蜥蜴』の者たちにできる最大限の恩返しだろうからな」

「うん。そうします！」

元裏組織の人間ばかりで構成された部隊。

不安は尽きないが、少なくともヴァルトルーネ皇女の不利益になるような行動はしないと思う。それくらいファディの言葉は真《しん》に迫ったものだった。

第四章　専属騎士と誇り高き帝国貴族

1

王国暦一二四一年七月下旬。

ディルスト地方に蔓延《はびこ》る盗賊団はリツィアレイテ指揮のもとで掃討が行われた。盗賊団のアジトとなっていた場所は特設新鋭軍の新たな拠点として機能し始め、レシュフェルト王国軍襲来に向けての準備は着々と整いつつある。

そして王国も開戦に向けて動き出した。

「ルーネ様。レシュフェルト王国からディルスト地方を明け渡すようにとの通達が入りました」

「そう。予定通りね。……それで他裏組織の処理も順調に進んでいるのかしら？」

「はっ。ファディが『レッドブロード』の下部組織を軒並み殲滅《せんめつ》したため、反皇女派貴族の邪魔が入る心配はありません。『イズ・クラン』の帝国各所での動きは未《いま》だ活発ではありますが、現状の彼らが戦争に介入してくる可能性は限りなく低いと思われます。ただ、反皇女派貴族と組みルーネ様の名誉失墜を狙ってくるかもしれません」

「留意しておくわ。けれど概《おおむ》ね問題は無さそうね。良かった……」

安堵《あんど》の言葉を漏らしたのとは対照的に、彼女の表情はどこか憂慮を含んだものだった。

「他に何か懸念点でも？」

「……いいえ。ただ少し思い出してしまって」

「それは」

「ええ。私たちが一度終わった時のことを……この通達は過去にもあったから」

彼女の言う通り、この宣言は前世でもあったことだ。

違うことがあるとするならば、この通達が為《な》される前に、俺たちが戦いの準備を進められていることか。

「王国からの侵略については……」

「ご指示通り、皇帝陛下の耳には入らないよう最大限の配慮をしております」

「良かったわ。お父様が知ったら、きっとすぐ大戦に発展させてしまうもの」

ヴァルトルーネ皇女が王国の侵略を直接対処するのは、現皇帝に早まった選択をさせないための対策でもある。

火蓋を切るタイミングは彼女だけが握る。

王国側の通達はなかったことにし、もし王国側が抗議の姿勢を見せてきたとしても、何かの手違いで話が伝わっていないということにすれば問題ない。

「王国からの使者は道中不慮の事故に遭い亡くなった……と見せかけるため、ファディの手の者が始末に向かいました。今頃使者の乗った馬車は道中に潜んだ彼らに襲われていることでしょう」

　不慮の事故で正しい情報が伝わらず、王国側の急襲となってしまった。そして他国から招いた人間が現場を目撃し、王国側の狼藉《ろうぜき》が顕《あらわ》になれば、帝国が孤立したまま戦端が開かれることはない。

「各国の来賓を招く日……そこにレシュフェルト王国の侵攻を合致させる。上手《うま》くいくでしょうか？」

　最後のピースを埋めるためには、イクシオン第四王子が内通者としてどこまでやってくれるかに掛かっている。

「時間帯の指定はなんとかしてくれたわ。昼下がりに攻撃開始。当初は早朝に奇襲を仕掛けるという計画だったみたいだけど、イクシオン王子が計画を捻《ね》じ曲げてくれたの」

「それは流石としか言えません」

「そうね。無能な『幽霊王子』……そう呼ばれる彼を警戒する者はいない。それらしい噂《うわさ》を流して、軍の上層部を誘導したそうよ。日程に関しても同じ手法を使うらしいわ」

「イクシオン王子を味方に付けたことは正解でしたね」

　──敵だったらこの上なく面倒な相手だった。謀略に長《た》けた者が王国に潜み、こちらの有利に物事が運ぶよう王国内部を攪乱《かくらん》してくれるのは本当に助かる。

「イクシオン王子も協力者として最善を尽くしてくれている。だからレシュフェルト王国の信用を落とす作戦は必ず成功させてみせるわ！」

綺麗な笑みを浮かべるヴァルトルーネ皇女には、底知れない魅力と言い表せないほどの畏怖を感じた。

情報操作を行い、こちら側に都合の良い情報を流布《るふ》する。

『これはレシュフェルト王国の不当な侵略行為である』

そう他国にも強く印象付けるのが今回の目的。

表向きはヴァルトルーネ皇女がディルスト地方の視察をさせようという名目で、周辺国家の要人を帝国に招待するが、無論これは全て方便。

「王国軍の急な襲撃。他国から訪れた来賓の方々は大層驚くでしょうね」

「ええ。でも……そこで私が指揮を取り、レシュフェルト王国軍を華麗に撃退したら——」

「ルーネ様の名声は上がり、レシュフェルト王国は諸外国からの信頼を失う」

まさに一石二鳥な作戦。

ここでヴァルトルーネ皇女が王国軍を撃退したという功績を挙げれば、彼女の皇位継承に反対する声は、完全に鳴りを潜めるはず。

「残るは私の皇位継承に否定的な反皇女派貴族の排除、ね」

ヴァルトルーネ皇女は冷めた声音で呟《つぶや》く。

王国の信用を地に落とし、ヴァルトルーネ皇女の皇帝としての資質を王国軍撃退という形で証明する。残るは目の上のたんこぶとなっている反皇女派貴族を潰すのみ。

邪魔者を全て排除すれば、彼女が帝国全土を掌握する日も近い。

「ルーネ様。こちらに反皇女派貴族を全てリストアップ致しました。ディルスト地方において の王国軍との戦い――敵軍の動きをこちらが制御できれば、近隣に領地を持つ反皇女派貴族のもとに王国軍を流せるかと」

「本願は王国軍の撃退よ。その策は戦況に余裕が生まれた場合でのみ使うことにするわ」

「はい。おっしゃる通りにございます」

「だからと言って準備は怠らないでね。敵対派閥の勢力を削《そ》ぐ絶好の機会だもの」

「はっ！」

「アル。此度《このたび》の戦いに必ず勝ちなさい。辛勝ではダメ……ヴァルカン帝国とレシュフェルト王国との力の差を全世界に示す時よ」

「ルーネ様の御心《おこころ》のままに」

屈《かが》んで頭をゆっくり下げると、彼女は俺の肩に手を置き微笑《ほほえ》む。

「期待しているわ――私だけの専属騎士様」

彼女の望む未来を摑《つか》むまで後一歩。

皇帝への道はもうすぐ目の前に見え始めている。

俺はそれを確かなものとするために動くのみだ。

2

「おい、平民……俺たちに少し付き合え」

ヴァルトルーネ皇女に頼まれた仕事を遂行するため、城内の廊下を歩いている時のことだった。肩を強く摑まれて、振り向くとそこには腹立たしい顔をした男たちの姿があった。

「…………」

「おい。返事くらいしろ。専属騎士さんよ？」

顔合わせは初めてだが、彼らの容姿は頭に叩《たた》き込んである。

反皇女派貴族の令息たち。俺のことを毛嫌いしているのが丸わかりなくらい、彼らの悪意に満ちた瞳は反吐《へど》が出そうなものだった。

「……貴族の方々が俺みたいな騎士風情に何か？」

俺がそう問うと、彼らは「ふん」と鼻を鳴らす。

「お前に話がある。付いてきてもらおうか」

「断ると……そう言ったら？」

「――っ！」

「冗談です。もちろんご同行致しますよ」

睨《にら》み付けるような視線から分かる。どうやら相当俺のことが気に食わないようだ。

貼り付けたような笑みを浮かべ、彼らの要求通りに人気《ひとけ》のない城内の裏庭に向かう。

『貴方《あなた》の身は、貴方自身にしか守れないわ』

ヴァルトルーネ皇女からの忠告を思い出す。

彼女は反皇女派貴族が接触してくることを事前に予見していた。

『反皇女派貴族の人たちは、私の発言力が上がったことを危険視している。私の評価を貶《おとし》めようと、様々な悪事を企てるはずよ』

彼女は早期から警戒を強めていた。

『そして私の専属騎士である貴方は、彼らから接触される可能性が高いわ』

聡明《そうめい》な彼女の読み通り、反皇女派貴族の令息たちは「話がある」などという粗末な理由で俺を誘《おび》き出した。


まんまと彼らの思惑に踊らされる俺は間抜けな専属騎士だろうか。……いや、

『アル。もしも反皇女派貴族に不当な実力行使をされそうになったら——その時は殺さない程度に全力で振り払いなさい。それに誘い出されたことを証明できれば、無条件で反皇女派貴族の面目を潰せるはずよ』

——そんな下手を俺が打つわけないだろう。

特設新鋭軍を設立し、武功を挙げ、彼女がやっとの思いで築き上げてきた名声を俺が台無しにするわけにはいかない。

これは完璧なヴァルトルーネ皇女の謀略。

俺は嵌《は》められる側ではなく――嵌める側なのだ。

「へへっ。こいつ馬鹿だなぁ……」

「本当にな。この後どうなるのかも知らねぇでな」

下衆《げす》に笑う、何も知らない愚か者どもは彼らの方だ。

――さあ本格的に敵対派閥の排除を始めようか。

3

物陰からアルが連れて行かれる様を眺めていた。

反皇女派貴族の接触は私が想定していた通り。

彼ならどんな苦境に立たされても、乗り越えるだけの地力がある。

――あとは反皇女派貴族の評判を落とすための一押しが必要だけれど、

「チッ。なんであの平民はひょいひょいと」

彼を利用すれば容易《たやす》いわね。

私の横で目を鋭く細めたのは、皇女派筆頭貴族であるゲルレシフ公爵家の次男。

『リーノス＝フォン＝ゲルレシフ』

平民嫌いの誇り高き帝国貴族。

選民思想が強い分、皇女派貴族としては異端に思われているけれど……。

「……気に入らないな」

実情は世間が考えているものとはまるで違う。

彼は身分の低い者を忌避する傾向があるが、それ以上に帝国貴族としての誇りを忘れ、ただ傲慢に振る舞う者たちを最も嫌悪している。

貴族ならばどんな時でも平民を虐げて構わない。

そう考えている従来の帝国貴族とは根本的に違うのだ。

「リーノス。一ついいかしら？」

――だから彼は、私の指示一つで望んだ通りに動いてくれるはずだ。

「なんでしょうか」

「……私の専属騎士のことなのだけど、少し心配で」

「反皇女派貴族に付いて行くくらいですから、皇女殿下の危惧も理解しています」

リーノスの恭《うやうや》しい進言に私は頬を緩めた。

そして俯《うつむ》きがちに視線を落とし、か細い声で告げる。

「その……こんなことを貴方に頼むのは本当に申し訳ないのだけれど、アルの様子を確認してきてくれないかしら？」

「――私が、ですか？」

「ええ。貴方にしか頼めないの」

彼の瞳が揺れる。迷っているのだろう。

彼はアルが専属騎士になったことを快く思っていなかった。

力無き平民が、私を守る盾となったことに憤《いきどお》りさえ覚えていた。

でも彼は皇女派筆頭貴族の次男。

そして自分で言うのもなんだが、彼は皇女である私に深い忠誠を誓っている。

「……リーノス」

「――っ。分かりました。後を付けて様子を窺《うかが》って参ります」

良かったわ。彼が私の考えた通りの人で。

リーノスはアルと反皇女派貴族が向かった方へと駆け足で向かう。彼の後ろ姿を眺めつつ、私は先程までリーノスに向けていた純真無垢《むく》な表情を引っ込めた。

「フレーゲル」

「……はい」

「聞いていたでしょう。リーノスがアルの状況確認に向かったわ」

「……それで俺にどうしろと？」

「ふふっ。貴方確かファディから視界共有の魔術を伝授されたわよね？　ならリーノスの視野を私とお父様が共有することは可能かしら？」

「可能だと思いますが……」

フレーゲルは察したように眉を顰《ひそ》め、唇を歪《ゆが》めた。

「……もしかして、彼のことを反皇女派貴族潰しの道具として利用するおつもりですか？」

私は首を横に振り、腕を組み瞠目《どうもく》した。

「利用？　違うわ。ただ事実確認をするだけよ……」

「それは皇帝陛下と共に、ですか？」

「ええ。そう——お父様と」

専属騎士は私の半身と言っても過言ではない。

そんなアルに対して、反皇女派貴族が武力に訴えるなんてことがあったらどうなるだろうか。そしてその現場を現皇帝陛下であるお父様が見ていたらどうなるだろうか。

きっとアルに酷《ひど》いことをしようと加担した貴族の者たちは、重い処罰を受けることだろう。貴族である彼らは守るべき皇族の評判を貶めようとし、専属騎士に怪我《けが》を負わせようとする帝国の裏切り者。

——そんな悪辣なレッテルを貼られたら、信用は地の底へと落ちる。

そう。皇帝になることを望む私の邪魔ができないくらいに、お父様へ進言する力を失うでしょうね。

4

連れて行かれた先には、反皇女派貴族の子息とその護衛が二十人以上待機していた。

皆変わらず剣を腰に据え、下卑た笑みを浮かべる様子からは、俺を痛めつける気満々であることが明らかだった。

「着いたぞ専属騎士。ここがお前の墓場だ」

「大人しく付いてきてくれて本当にありがとな。ははっ！」

「さぁて。誰かに見られる前にさっさと終わらせるか。おい！　見張りは完璧だろうな？」

リーダー格であろう令息は、裏庭へと続く道に向けて声を掛けるが返答はない。

「おい！　どうした？」

「……どうしたのかと聞きたいのはこっちの方だ。この屑《くず》共が！」

「――っ！」

見張り役の頭を鷲《わし》摑《づか》みにし、青筋を立てているのは、騎竜《キリユウ》で帝国に渡ろうとした際に難癖を付けてきた男。

「リ、リーノスッ……何故《なぜ》お前が！」

リーノス＝フォン＝ゲルレシフ。皇女派筆頭貴族の次男でありながら、平民を毛嫌いする生粋《きつすい》の帝国貴族その人だった。

「ふん。貴族としての誇りを忘れた獣の鳴き声が聞こえてきたからな。覗《のぞ》いてみれば案の定だ。貴様ら……帝国の歴史に泥を塗るような真似《まね》を良くできたものだな」

「うるさい、黙れ！　お前には関係ないだろ！」

「関係ない？　寝言を言うな。貴様らの振る舞いが帝国貴族全体の品位を落とすと言っているんだ。そんな平民を選《え》り好みして甚振《いたぶ》ろうと？……恥を知れ小物」

言い争いはリーノス優勢で進む。

しかし彼が俺のことを庇《かば》うような態度なのは意外だった。

彼は平民のことが大嫌い。第一印象ではそのように見えたのだが……選民思想が強いというのは誤りなのかもしれない。

「おい……平民」

「――なんでしょうか」

「貴様も貴様だ。専属騎士になって浮かれているのか知らないが、警戒もせずに相手の話に乗るな。全くこれだから平民は嫌なんだ……」

リーノスに対する印象を一変させようとした瞬間のことだったが、今の発言で再認識した。間違いなく彼は平民が嫌いな人間だ。

思考を集約させたところで一つ疑問が湧く。

――何故リーノスがこの場に現れたのか。

偶然にしては都合が良過ぎる。

「とにかく、貴様らがそこの平民にしようとしている愚行を見逃すわけにはいかない。早々に散ってもらおうか？」

「――っ。公爵家の人間だからと生意気な」

「ああそうだ。俺はゲルレシフ公爵家の次男。この帝国において俺は偉い立場にある。そして同時に帝国貴族であることに誇りを持っている。卑怯《ひきょう》な貴様らと違ってな」

リーノスの振る舞いは以前見た時と変わらない。

自分が誰よりも高潔な存在と信じて疑わない自信過剰な表情。

不自然な点があるとするならば、

「……魔術？」

リーノスの周囲に微《かす》かな魔術の気配を感じることくらいか。

他の人はきっと気付いていない。だが俺には分かる。

この魔術はファディが使っていた『視界共有』の魔術と同質のもの。

——なるほど。そういうことか。

リーノスがこの場に現れた意味も、魔術の気配を俺だけが察せられる理由も、完璧に理解した。これはヴァルトルーネ皇女が作り出した状況。

つまり俺が反皇女派貴族の者たちに絡まれている場面を彼女が目撃していたのだと。

——彼女が望むのは、穏便な解決などではない。

「存分に暴れろと……そういうことですか」

誰にも聞こえないような小さな囁《ささや》きをし、俺は剣の柄《つか》に触れた。

彼女の意向に従うのなら、俺はリーノスの前で反皇女派貴族を手痛く打ち倒す必要がある。だがこちらが先に仕掛けてしまうと、それはそれで体裁が良くない。

あくまで向こうが先に手を出したということにするのなら、

「リーノス殿。ご心配は要りません」

今は無能で何も知らない平民らしく振る舞うことが大事だ。

「は？　貴様は何を……」

「俺は彼らとの対話を望んでおります。ですので」

「貴様は馬鹿かッ!?　嵌《は》められたという自覚がないのか？」

声を荒らげるリーノスを俺は冷めた目で見つめる。

勿論《もちろん》彼の言っている意味は分かるが、それを肯定してしまうとスムーズに事が運ばない。

──邪魔をするなよ。お人好《ひとよ》しのお貴族さん。

「──っ！」

リーノスは俺からの威圧的な視線に気付いたようで、冷や汗を掻《か》きながら口元を歪ませる。厚意を振り払うのはやはり気分が悪い。だが今だけはそれを許して欲しい。

「……リーノス殿。俺は大丈夫ですので」

「……どうなっても知らないからな」

彼は腕を組み、近くにあった木に寄りかかる。

「おいリーノス。今の話だとお前は介入しないってことでいいんだな？」

「そこの平民が俺の助けを振り払ったんだ。俺はもう手出ししない」

「へっ。それなら好都合だ……黙ってそこで突っ立ってろよ」

隠す事なく、リーダー格の男は剣を引き抜いた。

「……どういうつもりですか？」

「まだ分からないのか？　ははっ。察しの悪い専属騎士だなぁ。いいか。お前は今から、俺たちに泣きながら許しを乞うことになるんだよ。地面にひれ伏して無様にな」

周囲の者たちも次々に抜刀する。

反皇女派貴族に紛れて、手練《てだ》れの者も周囲に何人かいた。

「さあ剣を抜けよ。お前が無様に負ける姿を俺らが拝んでやる！」

剣を構えるように促されるが、俺は剣を鞘《さや》に入れたまま微笑《ほほえ》んだ。

「おいどういうもりだ！」

「どういうつもりも何も。剣を抜くまでもないと思っただけですが」

「──っ！　舐《な》めるなよこのッ！」

振り抜かれた刃先が頬を掠《かす》る。

小さな切り傷からは真っ赤な血が静かに流れた。

「はっ。痛いか？」

嘲笑《あざわら》うような声音を無視して、俺は深く息を吐く。

──さあ。これで舞台は整った。

「先手はそちらからだったな。なら遠慮なく行くぞ」

「は？　お前何言って……ゴフッ！」

振り抜いた剣は鞘に入ったまま。しかし鈍い音を立て、男の顎を直撃した。

殺傷性は低いが、愚か者にお灸《きゆう》を据えるのなら十分な威力を出せる。

貴族殺しは流石《さすが》に出来ないが、これくらいなら許されるだろう。

何より俺は被害者側。剣で斬られて傷を付けられたのだ。

反撃したところで咎《とが》める者もいまい。

「うっ……ガハッ！」

鼻から血を流し、頭を押さえる姿は非常に滑稽だった。

しかしそれは周囲の者たちを煽《あお》る結果となり、

「テメェ……」

「調子に乗んなよ」

「八つ裂きにしてやる！」

敵意の籠った視線が一身に集まった。

「お前ら。この専属騎士を存分に可愛《かわい》がってやれ」

反皇女派貴族の一人がそう告げると、彼らは一挙に剣を抜き、こちらへ向かってくる。

「はぁ！」

「せやっ！」

軌道の分かりやすい剣ばかり。

死臭漂う戦場を駆けていた頃を思い出すと、今の状況は思わず苦笑いが出てしまいそうなほど生温《なまぬる》い。最小限の動作で剣を弾《はじ》き、隙が生まれた瞬間に切り返す。

「……くだらない」

「──っ！」

身体《からだ》を捻《ひね》り、体術も交えながら迫り来る者たちを順に処理してゆく。

高揚感なんてものは欠片《かけら》もない。

自然と身体が動き、哀れな敵対者を無力化していくだけ。

こんなのはただの作業だ。思考するまでもなく倒せる脆弱《ぜいじゃく》な羽虫。

むしろ倒すことよりも、殺さないように配慮する方に神経を使う。

「ひぃ、ごめんなさいごめんなさいっ！」

僅か数分。

それだけの時間があれば、格付けも滞りなく済む。

もう悪態を吐《つ》く気力もないのか、へたり込んだ者たちは怯《おび》えるばかり。

先に仕掛けてきた割には戦意喪失が早いものだ。

──俺はただ、己の身に降りかかった火の粉を軽く払っただけに過ぎない。

足下に転がっていた剣を拾い、腰を抜かし涙目で震えている者の方へと投げた。

金属が跳ねる音と共に怯える男は目を見開く。

「拾え、まだ終わっていない」

「ひ、拾え……？」

「ああそうだ。この余興はそちらが始めたもの。それなら責任を持って最後まで俺と潰し合いをするのが筋だと思うのだが……？」

　僅かな苛立《いらだ》ちが自然と沸き立つ。

「お前らはルーネ様の専属騎士である俺を集団で襲ったんだ。相応の報いを受けさせなければこちらの気が収まらない。さあ剣を拾え」

　痛めつけるという目的で俺に剣を向けてきた相手。

　だから逆に俺が与えられる最大限の恐怖を彼らの心に植え付けたとしても、文句は言えないだろう。

　もう二度とヴァルトルーネ皇女、並びに俺への敵対行為を行えない身体にしてやる。

「ほら、早く拾え」

「無理っ……無理だ！」

「拾わないのなら仕方がないな。ここでお前の命を代償として頂こうか。遺言も残せずあの世へ逝くのは貴族として不名誉かもしれないが、悪く思うなよ」

「――ひっ、拾いますっ！　許してください！」

　剣を拾うも地獄、拾わぬも地獄。跪《ひざまず》いた敗者には、選択肢なんて存在しない。

　周囲に集《たか》る者たちも怯えたのか俺との距離を取り始める。

　――だが、こんなところで許すつもりはない。

「来ないなら、こっちから行かせてもらうが？」

　睨《にら》むように視線を送ると、空気が騒《ざわ》つく。

恐怖の感情が漂い始めるが、俺は構うことなく鞘入りの剣を天に掲げる。

それが戦いを決定付ける所作となった。

「「「も、申し訳ありませんでした！　どうかこの辺でお許しください！」」」

一様に土下座を始める者たちに戦意はもうない。

――はぁ、こんなものか。

帝国の兵とは。騎士とは。貴族とは。

こんなバカみたいな弱者の集まりだったのか。

彼らでは、特設新鋭軍の足下にも及ばない。

リツィアレイテを始めとして、特設新鋭軍の兵たちはまだ練度も浅く、年若い者が多い。

それでも強者を前にして、すぐに屈するような者は殆《ほとん》どいない。

彼らならきっと、命を賭《と》して戦い続けることを迷いなく選ぶ。

選民思想の強い反皇女派貴族が上層部に蔓延《はびこ》る帝国軍。

しかし真に実力がある者はどれほどいるだろうか。

現状この有様を見ていて、王国軍と渡り合えるだけの実力があるとは到底思えない。

「はぁ……くだらない」

帝国軍にはエピカやルドルフなどの強者もいるが、立場に固執する者が集う腐敗した組織に未来などないと思う。ましてや邪魔に思うものを多人数で囲い込み、排除しようなどと目論《もくろ》む卑怯なやつらに帝国の未来が背負えるはずもない。

「……くそっ」

屈辱に塗《まみ》れた表情を浮かべる男は俺を睨む。

「許さねぇぞ。この借りは必ず返す……！」

敗者の戯言《たわごと》に耳を貸す必要はない。

どうせこの光景もリーノスに掛けられた『視界共有』の魔術で誰かに見られている。彼らの狼藉《ろうぜき》はきっとヴァルトルーネ皇女の手によって公《おおやけ》のものとなるだろう。

「……このまま終わると思うなよ」

背を向けその場を立ち去ろうとすると、背後から物凄《ものすご》い殺気を感じた。

しかしその殺気もすぐに収まる。

「おい。その剣に塗ったのは何だ？」

俺に憎悪を向けてきた男が持つ剣は、リーノスの蹴りによって俺の足下に転がされる。

足下からも伝わってくる妙な香り。

「……毒か。本当に卑怯なことで」

毒を塗った剣で背後から襲い掛かれば、俺に擦《す》り傷《きず》の一つでも負わせられるとでも思ったのだろうか。馬鹿らしい。殺気の一つも隠せず、まともな剣技も身に付けていない無能貴族に俺を殺《や》れるわけがない。

男はリーノスに鋭い視線を向け、声を荒らげた。

「──っ。リーノス貴様ッ！」

「ぐっ……！」

しかし彼はそれ以上に重圧のある冷たい視線を向け、男の頭を踏み付ける。

「貴様らは本当に愚かだな。こんな騒ぎを起こしただけじゃ飽き足らず、毒まで使って専属騎士を殺そうとするとは……」

「お、お前だって……あの専属騎士のことが気に入らないと言っていたじゃないか！」

「ああ言ったな。だが俺は卑劣極まりない貴様らの方が気に入らない。安心しろ。どの道貴様らは終わりだ」

「は？……何を？」

リーノスが嘲笑を浮かべて暫《しばら》くすると夥《おびただ》しい数の足音が響き、

「アルディア殿への狼藉を働いた不届《ふとどき》者共を拘束しろ！」

なんと特設新鋭軍の兵たちが裏庭に雪崩《なだ》れ込んで来た。

「なっ。どういうことだ!?」

「俺は皇女殿下の命により、そこの専属騎士が問題に巻き込まれないか見張っていた」

「何っ!?」

驚く男に構うことなく、リーノスは冷酷な面持ちを崩さずため息を吐く。

「……だが、あの聡明《そうめい》な皇女殿下が俺だけに監視役を任せるわけがない。お前らがそこの男を害した時点で貴様らの運命は決まっていた。皇女殿下の怒りを買ったのを悔いながら、せいぜい処罰を待っていろ」

「――っ！」

特設新鋭軍の兵たちは慣れた手つきで、反皇女派貴族側の者たちを次々に拘束する。

「おいアル。大丈夫か？」

「スティアーノ……どうして？」

そして救援に駆け付けた者の中にはスティアーノとアンブロスの姿もあった。

「ヴァルトルーネ様の指示でアルディアを助けるように指令が下ったのだ」

「そそ。それで俺らはこの場所に来たってわけ」

それだけ話してスティアーノは俺の頬を見て心配そうな顔になる。

そして彼は、懐《ふところ》から取り出したハンカチを傷口に当てた。

「てか怪我《けが》してんじゃねぇか。大丈夫なのか？」

「ああ。擦り傷だから心配しなくていい」

「あんま無理すんなよ。お前が怪我でもしたら悲しむヤツが多いんだから」

スティアーノの言葉に頷《うなず》き、俺は周囲を見回す。

拘束された者たちは順に連行されてゆく。

「アルディア。とにかく無事で良かった」

「ああ。助けに来てくれてありがとう」

アンブロスもまた、こちらに軽く微笑んでから、反皇女派貴族たちの拘束へと向かう。

「……これはルーネ様が全部知ってて仕組んだことなのか？」

「え、アルも共謀してたんじゃねぇの？」

「いや。俺は何も知らなかった」

——なんとなく彼女の思惑を推察して動いたものの、計画して起こした事態じゃない。

そもそも反皇女派貴族が俺に接触をしてくる確証もなかった。

腕を組んだままその場に佇《たたず》むリーノスも、ヴァルトルーネ皇女の計画の全容を知ってはなさそうだ。

「……あの連中は当分悪さできないだろうな」

「ええ。金輪際《こんりんざい》アルに近付くことがないように厳しい処罰が下ると思うわ」

「ルーネ様、と……」

スティアーノとアンブロスに続き、麗しい白髪の主君は背後に威厳溢《あふ》れる皇帝を引き連れその場に現れた。

「陛下っ」

現皇帝グロード＝フォン＝フェルシュドルフ。

その鋭く研がれた視線は、真《ま》っ直《す》ぐ俺に向けられている。

「……アルディア＝グレーツだったな」

耳に残る重々しい声音を聞き、俺はすぐ地に膝をつく。

「はい。私がアルディア＝グレーツでございます」

「そうか。先の争いはしかと見させてもらった。専属騎士としての奮闘ぶりは実に見事であった」

「勿体無《もったいな》いお言葉です」

彼の視線は依然として鋭いものの、少なくとも悪印象は抱いていなさそうだ。

「ヴァルトルーネ。良い専属騎士を召し抱えたな」

「はい。お父様」

ヴァルトルーネ皇女も楚々《そそ》としたお辞儀をし、その場が完全に皇帝グロードの支配する空間となったのを感じる。

彼は顎髭《あごひげ》を指で弄《いじ》りながら、口角を緩めた。

「加えて先の者が使用した『視界共有』という魔術も素晴らしい。離れた場所の景色を鮮明に見られるというのはまさに唯一無二の魔術と言えよう」

「フレーゲルもまたアルと同じ王国出身です。彼の扱う魔術は特別なものと私も判断しました。逸材は見逃したくありませんでしたので、こうして帝国へと招いたのです」

「なるほど……ということは特設新鋭軍の設立を願い出たのも」

「――はい。便宜上は身辺警護に必要な強力かつ忠誠心の高い私兵を得たいと申しましたが、本当の狙いは実力ある者を活躍させるために発足させた組織にございます。日の目を見るべき者が表舞台で活躍できる――私は帝国をそのような希望溢れる国にしたいと思っておりますので、特設新鋭軍がその先駆けとなればと思い、創設致しました」

ヴァルトルーネ皇女はスラスラと特設新鋭軍や俺たちへの賛美の言葉を語る。

グロードは満悦そうに頷き、ヴァルトルーネ皇女もまたほんのりと頬を赤く染めた。

彼女の意図を完全に理解した。ここは反皇女派貴族の狼藉を皇帝に晒《さら》す……という偽りの名目で作り出した状況。

彼女の本当の狙いは、特設新鋭軍や専属騎士である俺の価値を皇帝に示すことにある。

「お父様。それで、私の忠実な腹心たちは如何《いかが》でしょうか」

彼女は反皇女派の者たちが俺に絡んでくるのを利用して、自身が次期皇帝に相応《ふさわ》しいことを皇帝にアピールしたかったのだ。そして聡明な皇帝がヴァルトルーネ皇女の思惑を理解していないわけがない。

それはつまり、

「ああ。素晴らしい——我が跡を継ぐのはヴァルトルーネ、お主しか居《お》らぬと確信した」

皇帝自身もヴァルトルーネ皇女に皇位を継がせたいと考えているということだ。

反皇女派貴族に付け入る隙を与えないために今回の問題を阻止するのではなく、敢《あ》えて引き起こさせた。

——俺を格好の餌として、反乱分子の失態を誘ったのだ。

「ありがたきお言葉です」

「謙遜は必要ない。愛娘《まなむすめ》が立派に成長したこと、我は非常に嬉《うれ》しく思うぞ」

この親子は、ヴァルトルーネ皇女が次期皇帝に即位するのを反対している勢力を本格的に叩《たた》き潰そうとしている。

和やかな空気を醸し出す皇族二人。

彼らの会話を真っ青な顔で聞いているのは、連行途中の反皇女派貴族たちだった。

——まさか、専属騎士に少しちょっかいを掛けようとしたことが、こんな事態を招くとは思ってても見なかったのだろう。

「ところでお父様。先程話した例の件も……」

「ああ。各国の国賓を招いたディルスト地方での視察の話だな。覚えているぞ」

「良かったです。それで皇位継承のことも」

「相談を受けた時は少し迷っていたが、今の光景を見たら迷う必要もないと思えた」

「では」

「——ヴァルトルーネ。ディルスト地方での視察を滞りなく遂行した暁には、我の皇位をお主に譲ろう！　大役だが、お主ならきっと成し遂げられるだろう」

示し合わせていたかのように話はヴァルトルーネ皇女の有利な方へと流れてゆく。

何年も先の未来を知っているヴァルトルーネ皇女が本格的に皇位を得ようと動き出せば、対抗勢力が彼女を打倒しようとしても簡単には行えない。

「ありがとうございます、お父様。必ず有意義な視察となるよう精一杯努めます」

そう言葉を残してから、ヴァルトルーネ皇女は俺の手を引く。

「では私の専属騎士が怪我を負ったようですので、この辺で失礼させて頂きます」

「ああ……次に会う時はお主が皇位を継ぐ時になるかもしれぬな」

「私もそうなることを祈っております」

彼女は特設新鋭軍の兵たちに視線で合図を送る。

兵たちはすぐに整列し、一寸の狂いもなく彼女の両脇を固めた。

「では、ご機嫌よう」

優雅な一礼をして、ヴァルトルーネ皇女は俺の腕に手を絡ませ、そのまま裏庭を去る。

城内に響く鎧《よろい》同士のぶつかる鉄音。夥しい数の兵を連れ歩くヴァルトルーネ皇女は、皇帝への階段をまた一段登り、現皇帝に似た威厳を感じさせる姿だった。

5

「こら。なんでわざと怪我したの！」

頬に指を当てるヴァルトルーネ皇女は膨れっ面で俺をじっと見つめてくる。

「申し訳ありません。あれが一番手っ取り早いと思ったので」

専属騎士である俺が先に手を出したとあっては彼女の面目が潰れてしまう。

それにあの場には監視の目があった。

普段なら敵対者に容赦はしないが、皇帝の目がある所で流血沙汰は御法度《ごはっと》である。

「申し訳ありません。出過ぎた真似《まね》を致しました」

「謝らないで。説明もせずにいた私も悪かったの。貴方《あなた》ならきっと、私の意図を汲《く》んでくれると思っていた……それでもあんな斬撃を躱《かわ》さず、当たりに行くとは思わなかったから」

彼女は悲しそうに目を伏せるが、あの場においての先に斬られる判断は間違っていなかったと思っている。

専属騎士に怪我を負わせた。その事実が皇位継承に関する交渉を有利に運んだのだ。もしそうでなかったとしても、後手で反撃に回ったということなら、俺が剣を振るったこともお咎《とが》めなしだと考えた。

「貴方のお陰で、結果的には皇位継承の話を得ることができたわ。でもね……私は貴方が傷付く姿を見たくないの」

温かな白い光が、傷口を塞ぐ。彼女の治癒魔術によるものだった。

「今回は浅い傷だったから良かったけど、もう自分を犠牲にするようなことは止《や》めてね？」

「――はい」

皇女である彼女が直々に傷の治療を行ってくれるのは、普通ならあり得ないことだ。特設新鋭軍の兵たちは全員帰還させ、俺とヴァルトルーネ皇女は二人きり……というわけでもなく。だからこそ嫉妬混じりに向けられる視線が痛かった。

「ヴァルトルーネ様。そろそろよろしいですか？」

柔らかい声音のリーノスは俺の肩に手を掛ける。

た。


「ええ。アルと話したいことがあるのよね」

「はい。できれば二人だけで」

穏やかそうな声音の奥には、俺に向ける冷めた情動が感じられる。

ヴァルトルーネ皇女はそれに気付いていないようで、治療を終えるとすぐに立ち上がった。

「さっきはありがとうリーノス。貴方が見ていてくれたお陰で大事に至らずに済んだわ」

「いえ。私は何もしていません」

そして小声で「本当に何も……」と悔しそうに言葉を続けた。

僅かに伏せられた銀色の瞳は、止めどなく揺れ続けていた。

「ルーネ様。お時間は……」

「あっ。そうだったわ。この後は特設新鋭軍の方に顔を出さなきゃなの。じゃあアル、また後でね」

促すと彼女はやや焦ったように髪をすいて、俺たちに背を向ける。

可愛《かわい》らしく手を振る彼女を最後まで見送り、俺はリーノスとの気不味《きまず》い空間に意識を引き戻された。空気は棘《とげ》だらけの鋭く、居心地の悪いものへと変わる。

「……少し歩くぞ。平民」

吐き捨てるように告げたリーノスは、ヴァルトルーネ皇女の駆けて行った反対方向へと歩き出した。

6

最初はヤツの存在が気に入らなかった。

平民がヴァルトルーネ皇女と懇意にしているというだけでも反吐《へど》が出るというのに、よりにもよってあの男がどうして専属騎士に選ばれたのか。

理解するのには、かなりの時間を要した。


――アルディア＝グレーツ。

レシュフェルト王国出身の平民。

ヴァルトルーネ皇女の通っていた士官学校で知り合ったそうだが、成績はパッとしない平凡なもの。特別秀でていたという話はこれっぽっちも出てこなかった。

「……はぁ」

『この男程度の器で専属騎士が務まるわけがない』

その考えが変わる瞬間は突然訪れた。

ヤツが……反皇女派の者たちを次々に薙《な》ぎ倒す場面を目撃した時のことだ。

散る火花とギラリと輝いていたあの真っ赤な瞳が忘れられない。

普段は割と大人しく、堅い印象があったアルディア＝グレーツ。

けれども、戦闘中の姿は別人格でも潜んでいたのかと思うほどに苛烈で残忍だった。

あの剣技は間違いなく殺しに特化していた。誰かを守るためのものではなく、目前の障害物を破壊し尽くすような悍《おぞ》ましいもの。

もしも剣鞘《ざや》が外れていたら、反皇女派の連中は間違いなく、皆死んでいた。

そこらの騎士とは一味も二味も違う。

あれは正真正銘、血に飢えた怪物そのものだった。


だからこそ理解できない点もある。

士官学校に通っていた単なる学生に、あそこまで戦い慣れた剣捌《さば》きが可能なのだろうか。

普通なら絶対に不可能だ。

動きは継戦を意識した被弾を限りなく減らすようなもの。一定範囲内の敵を全て認知し、それらの動きを全て予測しているような位置取り。背後からの攻撃にも柔軟に適切な対応を取っており、まさに隙のない立ち回り。

加えてあの残忍な目。殺しに躊躇《ちゅうちょ》がなさそうで、一層タチが悪い。

経験が浅い兵士や騎士は大抵の場合、相手を斬る時に僅かにでも戸惑いが生じるはずなのに、ヤツにはそれが一切無かった。

「……貴様は本当に、数ヶ月前まで学生だったのか？」

背後にピッタリと付き従う黒髪の男に尋ねると、彼は全てを見通すような不気味な視線を向けてきながら、静かに頷《うなず》く。

「……そうか。なら大層な男だな」

皮肉ではなく、俺から向ける最大限の褒め言葉だった。

「……専属騎士ですから」

そんな俺の言葉に平然とした面持ちで返す彼は、どこまでも冷たい声音だった。

ヴァルトルーネ皇女がいない場所では、こんなにも態度が変わるのか。

俺も人によって態度を変えるが、この男はより露骨だ。

「貴様はヴァルトルーネ様に忠誠を誓っているんだよな」

「ええ。誰よりも厚い忠誠を捧《ささ》げているつもりです」

「そう、か」

その一言には嘘《うそ》偽りはなかった。

あの瞳は本物だ。ヴァルトルーネ皇女に「死ね」と言われたら即座に自分の首を刎《は》ねることができる。それくらいにヤツの瞳は彼女に心酔したものだった。

ふっ。笑える話だ。あれが卒業したばかりの一般的な新兵であるのなら、フィルノーツの士官学校は化け物製造機と言ってもおかしくない。

加えて覚悟の据わったあの瞳は、歴戦の猛者《もさ》であるかのように鋭い。

——この男は確実に異端の存在。

平民とか、貴族とか、そういう枠組みに取り入れてはいけない。

日常にひっそりと溶け込んだ得体の知れない怪物。

アルディア＝グレーツ――コイツは、大勢を殺してきた瞳をしている。

彼女がどうやってこの怪物を手懐《てなず》けたのか。そして、どうやってヤツが比類なき強者であると見抜いたのか。疑問は底を突く気配がない。


「こちらからも一つ質問をしても？」

不意に口を開いたアルディア＝グレーツは、立ち止まりため息を漏らす。

俺はゲルレシフ公爵家の次男だというのに、随分と失礼な態度だ。

しかし弱々しい平民らしさがないのは、逆に好感が持てる。

「聞きたいことがあるなら、なんでも聞けばいい」

「ではお言葉に甘えて……リーノス殿。貴方はルーネ様の味方ですか、それとも敵ですか」

突飛な発言だとは思わない。

この男は純粋に抱いた疑問を聞いているのだ。

「貴様はどっちだと思っているんだ？」

「……さあ。判別が付かないから聞いているのです」

「もし俺が敵ならどうする？」

「リーノス殿が敵なら……早い段階で始末するでしょうね」

「ふん。隠す気もないのか」

「はい。だって……貴方はなんとなく気付いているでしょう。俺がそういう人間だと」

赤く黒く残忍な瞳孔。

それはまるで別離した世界から迷い込んだ悪魔のようだった。

痺《しび》れるように息苦しい空気。

「俺は……」

「俺は、なんですか？」

「――っ」

喉が引き攣《つ》り、次の言葉が出てこない。

こんなのを味わうのは初めてだ。城中を覆い囲むような激しい殺気に飲み込まれ、今にも吐き出しそうなくらい気分が悪い。

――もしかしたら、俺はこの場でこの男に殺されるかもしれない。

そう思ってしまうほど、アルディア＝グレーツの放った威圧は想像を絶する程に激しいものだった。

7

息の詰まるような沈黙。

それを破ったのは、空々しい微笑《ほほえ》みを浮かべたアルディア＝グレーツだった。

「……すみません。リーノス殿は敵じゃないですよね」

邪魔者全てを押し潰すような空気を一瞬にして払い、彼は足を止めた俺の先を歩く。

「試すような真似《まね》をしてしまい申し訳ありません。しかしこれも、ルーネ様のことを想《おも》ってのこと。彼女に忠誠を誓う者同士大目に見てください」

「あ、ああ……そうしよう」

滝のように流れる冷や汗を拭いながら、俺は黒髪を揺らす専属騎士の背を追う。

歩幅は俺に合わせたゆっくりしたもの。

彼に尖《とが》らせた敵意を示す余裕は今の俺にはもうなかった。

「リーノス殿は皇女派筆頭であるゲルレシフ公爵家の方でしたね」

「ああ。当主は俺の兄が務めている」

「なるほど。ではルーネ様に対する忠誠は帝国貴族の中でも特に高いということで？」

「当然だ！　ゲルレシフ公爵家は代々皇家に付き従う誇り高き帝国貴族。皇族を害する愚か者に成り下がることなど、たとえこの命が尽きようともあり得ない！」

そう断言すると、彼は不敵に口角を上げる。

「……絶対の忠誠ですか、なるほど」

「――っ」

背筋に震えが走ったが、動揺しているのを悟らせまいと俺は平静を装う。彼の表情からは読み取れないが、俺を利用したいという魂胆が所作の端々から漏れ出ていた。

「リーノス殿。一つ提案がございます」

明らかに怪しい話だろう。

しかし、この男のヴァルトルーネ皇女に対する忠誠は本物だ。

だからこそ俺は、

「……話を聞こうか」

彼の話がどんなものであろうと、一考する余地があると察した。

「そんなに難しい話ではありません。どうか警戒なさらないでください」

「ふん。俺は生まれた頃から用心深い性格なんだ」

帝国貴族は選民思想の強いことで有名。

ゲルレシフ公爵家も例外ではなかった。

今は亡き両親は、公爵家の地位をなにより重要視し、一般的な帝国貴族らしく平民は虐げても構わないというスタンスを貫いていた。

傲慢に振る舞うのも貴族の嗜《たしな》み。

それが正解であると、あの親たちは俺や兄にも教え込んできた。

――だが俺は、両親からの言葉でさえも疑うような人間に育った。

「驚きました。リーノス殿は俺の話など聞く価値もないと切り捨てるような方かと思っていました」

「俺は平民が嫌いだ。だが……貴様のことはこれでも評価している。少なくとも、専属騎士として及第点には達しているとな」

「それはありがたいですね」

俺が平民嫌いなのは、帝国貴族特有の選民思想が強いからじゃない。

吹けば飛ぶような弱者であるから嫌いなのだ。

その点、目の前にいる男は剣で斬られようと、火で炙《あぶ》られようと、ヴァルトルーネ皇女の望む限り、歩みを止めないという固い意思を持ち合わせている。

――強く揺るぎない何かを持ち合わせている人間が俺は嫌いじゃない。

「言ってみろ。貴様が企《たくら》んでいることを」

「企みだなんて大層なことではありません。ただ反皇女派貴族って心底いらない存在だなと、そう思っただけです。我々は国の外に目を向けなければならない。なのに国の内側で火花を散らしているのは、実に愚かだと思いませんか？」

「……続けろ」

「正直邪魔なんですよ。ルーネ様は次期皇帝に相応《ふさわ》しい。今後の帝国を導くのは彼女以外にあり得ない。にも拘《かか》わらず、彼女の皇位継承に反対する者たちは彼女の足を引っ張ることしか考えない馬鹿ばかり。そういう存在って排除すべきだと思いませんか？」

彼の意見には俺も同意だ。

ヴァルトルーネ皇女は皇帝の一人娘。

皇位継承において、彼女以上の人はいない。

「反皇女派貴族が邪魔だと……なら貴様は俺に何を求める」

鋭く細められた真っ赤な瞳が不気味に、そして絢爛《けんらん》に瞬いた。

「……リーノス殿。貴方《あなた》には帝国軍全体を掌握してもらいたい」

「――っ。正気か？」

「ええ。俺は至って正気です」

確かにヴァルトルーネ皇女が皇位継承を行う上で障害となっているのは、反皇女派貴族の介入。そしてその一番上にいるのが帝国軍を取り仕切るフェルシュドルフ公爵――この帝国における軍務卿《きよう》だ。

帝国軍全体を掌握すること。

それは即《すなわ》ち軍務卿を打倒し、帝国軍を新たな組織へと作り変えることを意味している。

しかしそれは随分とスケールが大きい話だ。

「ふん。俺にフェルシュドルフ公爵家と対峙《たいじ》しろと、そう言っているのか。だとしたら頼む相手を間違えている。俺はゲルレシフ公爵家の次男。家の実権は兄が……」

「ああ。誤解しないでください。俺はリーノス殿個人に頼んでいるんです。公爵家の力を欲しているわけじゃない」

――無理難題を押し付けてくれるな。

家督も継げていない、しかも貴族の嫡男でもないヤツに軍を支配する力などない。

しかしそれすらも見越して、彼は悪魔のような笑みを浮かべる。

「ご安心ください。帝国軍の魔道師団及び騎兵師団は既にこちら側です。残る師団の中で特に邪魔な師団……」

「……騎竜《キリュウ》兵師団か」

「はい。その騎竜兵師団をリーノス殿に乗っ取ってもらいたい」

騎竜兵師団の師団長は反皇女派筆頭貴族であり、フェルシュドルフ公の忠臣。

彼を師団長というポストから引き剝がすことができれば、フェルシュドルフ公が軍務卿として与えられる影響力は大きく減衰する。

「貴様の要求は理解した……それで、俺が騎竜兵師団を手にした時の対価はどうするつもりだ」

これはある種の取引だ。対価なしにこんなことを要求してくるはずがない。

「貴様は俺に何を差し出せる」

「……対価は、もうお伝えしました」

「は？」

疑問符を浮かべる俺を尻目に、彼は耳元で囁《ささや》く。

「帝国軍全体の掌握——リーノス殿が騎竜兵師団を手に入れた暁には、貴方を次期軍務卿に推薦するようルーネ様に打診致します」

それは家督を継げなかった俺にとって最大の褒賞。

最初にした話は全くの戯言《たわごと》ではなかったわけか。

確かに師団一つを乗っ取るだけなら俺にも可能だ。

そしてその見返りが帝国軍全体を明け渡すことに繋《つな》がると……。

――はは。

「馬鹿げた話だ。俺が軍務卿になるなんて、そんなの他の師団長が黙っていないだろう」

嘲るように述べるが、アルディア＝グレーツは表情一つ変えずに、真っ赤な瞳でこちらを見つめ続ける。

「俺は本気ですよ。リーノス殿が軍務卿になれば、ルーネ様が担う国営も一気に安定する。それにこれは、貴方にとって大きなチャンスでもあります。違いますか？」

「チャンス……？」

「家督は兄が継ぎ、貴方はゲルレシフ公爵家の次男というポジションに収まるしかない。貴方は公爵家の人間という仮初《かりそめ》の立場しか得られない。……でも誰よりも帝国貴族としてのプライドが高い貴方は、それを良しとはしていないでしょう」

「……それ、は」

「欲しくありませんか。貴方の、貴方だけの肩書きが――軍務卿となれば、貴方はルーネ様の信ずる腹心となれる。それは公爵家の家督を得るよりも遥《はる》かに価値が高いはずです」

悪魔の囁き。俺が嫌っていた平民の男が、俺の弱点を的確に突いてくる。

『そんなのは耳触りの良い言葉を並べているだけだ』

そう聞き流すことができればどれほど良かったことか。俺はその甘い提案に魅入られ黙り込んでしまった。

そして思考が纏《まと》まらぬ俺の肩を、彼は軽く叩《たた》き、

「良いお返事を期待しております」

そう言い残し、未曽有の怪物は颯爽《さっそう》と立ち去った。

「……俺が軍務卿に。いや、馬鹿らしい話だ」

その僅か二日後。

アルディア＝グレーツの持ち掛けた提案をあっさり承諾することになるとは、この時の俺は考えていなかった。

自分はもっと思慮深く、慎重に行動する人間だと考えていたが、それは案外、ただの思い込みに過ぎなかったのかもしれない。

——俺は帝国を陰から侵食する本物の怪物に、手を貸すこととなった。

8

呆然《ぼうぜん》とした面持ちで立ち尽くすリーノス。

そんな彼を見て俺は確信した。

「……交渉成立だな」

掠《かす》れた声で呟《つぶや》き、リーノスの姿が見えなくなったところで軽く指を鳴らす。

「ファディ」

『白煙《はくえん》の蜥蜴《とかげ》』の頭領であり、特設新鋭軍諜《ちょうほう》報部門の総括役である若き男の名を呼ぶと、彼はぬるりと空中から降りてくる。軽やかな着地を披露して、彼は純真そうな瞳をこちらに向けてきた。

「どうしたんですか。お兄さん」

「リーノスに監視を付けてくれ。彼は大事な戦力になりそうだ」

「ああなるほど。りょーかい。『白煙の蜥蜴』から数人付けときますね〜」

「ああ。頼む」

軽く首肯をしてからファディに視線を向けると、彼は血の付いたナイフを見せびらかすように前へ出した。

「あっそうだ。命令通り、付近にいた反皇女派貴族の密偵は皆殺しにしときましたよ。二十人くらいかなぁ。割とチョロかった！」

無邪気な笑みの奥には、残酷で恐ろしいほどの闇が渦巻いていた。

しかしそれは彼に限った話ではない。

「流石《さすが》だな。ああそれと、ルーネ様への報告は」

「もちろんしてませんよ。お兄さんに口止めされてますから」

「ならない。


「なら構わない」

「……でもいいんですか。ヴァルトルーネ様に内緒でこんなことしちゃって」

「ルーネ様に余計な心配をさせたくないからな」

「ふーん。そっかぁ……おっけ！　じゃあ俺は、これから先もず～っと黙っておくよ！」

俺が反皇女派の勢力を強引な手段で削《そ》ぎ落としていることを、ヴァルトルーネ皇女は知らない。

彼女は自分の資質を磨くことで皇帝の座を目指しているが、それだけでは確実性に欠ける。だから俺は別の道筋を突き進むことを考えたのだ。

「ルーネ様が皇帝に相応しいのは当然のこと。彼女は誰よりも慈悲深く、高潔で高貴なお方だ——故に邪魔者は」

「ヴァルトルーネ様の視界に入る前に消し去っておきたい……でしょ？」

「ああ。不愉快な存在を瞳に映すのも、鬱陶《うっとう》しい血で手を汚すのも、全ては俺たちの役目」

ヴァルトルーネ皇女には可能な限り綺麗《きれい》な道を歩いて欲しい。

帝国を導く歴代最強で、帝国中の民に慕われ、慈悲深くも厳格さを失わない完璧な女帝。

そんな彼女に『非道で残虐』などという悪評が生まれてはならない。

彼女のためならば、俺は喜んで汚れ仕事を捌《さば》き続けるだろう。

「最近はルーネ様の存在感が増してきている。誰もが彼女に目を奪われる」

「そして燦々《さんさん》と輝く彼女の光に紛れて、俺たちは俺たちの使命を粛々と遂行するんだね」

——そう。全ては、

「ルーネ様のために」

「ヴァルトルーネ様のために」


彼女に絶対の忠誠を誓った日より、俺は彼女に降り掛かる厄災を全て消し飛ばすと決めている。これは専属騎士としての誓いではなく、かつて彼女の死を止められなかった自分への戒《いまし》めだ。

「……ルーネ様の紹介により、フレーゲルが皇帝に認知された。『視界共有』の魔術も、フレーゲルの固有魔術として今後帝国全土に知れ渡るだろう」

『視界共有』はファディがフレーゲルに教授したもの。

その利用価値は高く、秘匿にしておくには勿体無《もったいな》いと判断した結果、フレーゲルの固有魔術として公表することが決まった。

表舞台を彩る人間と、その裏側で蠢《うごめ》く人間は既に決まり始めている。

「ファディ。俺はルーネ様に単独行動を禁じられている。だから自由の利くお前が俺の手足として上手《うま》く動いてくれることを今後も期待している」

「うん。期待しててよ——ボスのお兄さん」

ファディは唇に人差し指を当て、外の情景に溶け込むように姿を暗ました。

暗殺者兼諜報員《ちょうほういん》として動き回れるファディの率いる『白煙の蜥蜴』。

そして帝国軍を牛耳《ぎゅうじ》れる可能性を持つゲルレシフ公爵家の次男リーノス。

これでも十分過ぎるくらいの戦力が揃《そろ》ったが、まだ不安が残る。

「ルーネ様……俺が必ず貴女《あなた》を幸せな未来に導いてみせます」

足りない部分は補いつつ、俺は彼女の計画が滞りなく進むように最適な動きをしてみせよう。

全てはヴァルトルーネ皇女のために。

この命尽きぬ限り、どんな手段を使ってでも、目的を果たしてみせる。

エピローグ

全ては計画通り進んでいる。

運命に抗《あらが》う哀れな選定者たちの魂を解き放つべく、私は帝国の戦地に赴く準備を整えていた。


【邪神の守護領域ディルスト地方】

ここは我らが主神スヴェル様の力を無力化させる瘴気《しょうき》に満ち溢《あふ》れた穢《けが》らわしい土地。

邪神に選ばれた選定者たちは引き寄せられるように、自然とこの地へ集まっているとスヴェル様はおっしゃられていた。

「……虫唾《むしず》が走りますね」

スヴェル様の手が及ばないのをいい事に、勝手な歴史改変を行う悪《あ》しき者ども。

過去の記憶を持っているからこそ、邪神に選ばれし選定者たちは自身の待つ運命に抗おうとする。けれどそれも今日で終わり。

「すぐに全員排除して差し上げます……ふふっ」

ディルスト地方を完全に支配した後、かの地に蔓延《はびこ》る全ての瘴気を聖女の力で浄化すれば、ディルスト地方を帝国滅亡の足掛かりとして利用できる。

「そのためにも、貴方《あなた》たちには頑張って頂きますよ？」

私の両脇にはスヴェル様より授かった二体の神獣が地面を抉《えぐ》りながら、戦意を露《あら》わにしている。

「うふふっ。貴方たちも——戦いたくて仕方がないのね」

「——ッ！」

人の耳には届かない音域で泣き叫ぶ神獣。

真っ白な鱗《うろこ》を纏った巨大な蛇は、何重にもとぐろを巻き、信者の人間を絞め殺す。

真っ黒な鱗を纏った巨大な蛇は、舌を素早く動かしながら、近くにいる教団の兵士を喰《く》らい貪《むさぼ》る。

「レ、レシア様ッ——！」

「そんなに慌てないで、彼らは崇高な生贄《いけにえ》になったのよ」

「生贄……」

「そうよ。それはとても素晴らしいことじゃないかしら？」

主神に仕える神獣様へ自らの血肉を分け与えることができる。

スヴェル教を崇拝する者にとって、これ以上の幸福はない。

骨身が砕ける小気味良い音を聞きながら、私はついうっとりとした面持ちになっていた。

——ああ、彼らはなんて幸福なのかしら。

「スヴェル様のもとへといち早く至れるだなんて、本当に羨ましいわ」

「……そう、ですね」

青ざめた兵士に微笑《ほほえ》みかけながら、帝国に向けての軍備風景を眺める。

「ふふっ。それで、攻勢の用意は整ったのかしら？」

「はい。王国軍の進軍開始と共に、我々もヴァルカン帝国へ進行を開始します」

「そう。なら計画に変更はなしね。いつでも出れるように引き続き準備を続けてください」

「はっ！」

短時間敬礼をし、兵士は逃げるようにその場を去る。

「敵は王国軍との戦いで相当疲弊するはず……ユーリス様には感謝しなきゃ」

金髪でプライドが高く、そして私が最も扱いやすい男の顔を思い浮かべる。

眼下で帝国軍と潰し合うであろうあの集団の中には、その彼――ユーリス王子もいる。

無論強大な帝国軍との戦闘を行えば、命の保証はないのだけれど。

「……死んでしまったら御愁傷様。でも、貴方は本当に便利で愛《いと》しい存在よ、ユーリス様。私のためにこんな素晴らしいお膳立てをして下さって」

両手を組み瞑目《めいもく》すると、蛇は私を守るように近付いてきた。

ユーリス王子に向けた感謝の念――或《あ》いは未来の彼に先んじて黙禱《もくとう》を捧《ささ》げ、私はゆっくり目を開いた。

「スヴェル様――貴方の悲願を私が叶《かな》えます。時間を超越した選定者を一人残らず排除して、歴史の改変を阻止した後に、邪の神が祀《まつ》られるこの地を我が手に必ず収めるとお約束致します」

「レシア様。そろそろ王国軍が王都を離れそうです」

「分かりました」

誓いの言葉を唱え、進撃する準備の整った軍全体に告げる。

「――それでは私たちも帝国に向けて進軍開始です」

手を振り下ろすと、兵たちは武装音を掻《か》き鳴らしながら、前方へと一斉に歩き出す。

教団軍総勢七千人。

王国軍との戦いで消耗した帝国軍を打ち滅ぼす予定の大軍勢だ。

歴史は幾度と繰り返すべきこと。

新たな風など、この地には必要ない。

全ては主神の思うがままに。

この世界は全て【始祖神スヴェル】が望んだままに創られるべきなのだから。

――世界の異物は、この聖女レシアが直々に消し去って差し上げますわ。

「では始めましょう。歴史が必ず、然《しか》るべき場所へと終着しますように」

帝国は破滅の道を進む。

何度繰り返そうと、何度やり直そうと、結末を変えることは神の意向に反する行い。

未来を変えるだなんて、そんなの間違っている。

だから私が神に代わって引導を渡すのだ。

運命に抗う愚かな者たちへ……そのささやかな抵抗が無駄であることを、彼らは今こそ思い知るでしょう。

番外編　フィルノーツ士官学校秘話

1

「頼むアル！　俺と攻城戦に参加してくれないか!?」

「……はい？」

　きっかけは期末試験で赤点を取ったスティアーノの懇切丁寧な土下座だった。

　フィルノーツ士官学校は、中立都市フィルノーツにあり、各国のエリートが集まる一流の士官学校だ。

　ここには今後の国の発展に携わる者ばかりが入学しており、王族や皇族、貴族などを始め、国を守護する騎士や兵士、経済を回す商人の跡継ぎなどが立場身分に関係なく周辺各国から集められている。

　そんな士官学校に通い始めて一年と半年。

　俺は士官学校中等部の二年となっていた。

「頼むッ！　一生のお願いだ」

　放課後の教室に残り、情けない声で懇願し続ける男は、俺の数少ない友人であるスティ

アーノ。騎士として非常に優秀な彼であるが、実技は優秀でも座学が酷《ひど》く、

「……はぁ。また赤点か。なら普通に補習講義受けろよ」

「ごめんごめんごめんごめんッ！　でももう、補習室に詰め込まれて勉強するのは嫌なんだよ！　だから試験全体の点数補塡になる攻城戦に俺と出て欲しいんだ！　実技なら絶対絶対いい成績取れるからさ。な？」

この通り、攻城戦という救済措置となる実技試験への参加要請を俺に行っていた。

――いや、必死過ぎだろ。どんだけ勉強したくないんだよ。

「スティアーノ……俺たちもう二年だぞ。このままの成績だと来季もまた同じく赤点。もっと真面目に勉強した方がいいんじゃないか」

「ぐ、ぐうの音《ね》も出ねぇ……」

「それに攻城戦ってことなら、俺だけに声掛けても人数足りなくて普通に参加資格ないだろ。何人集めるんだ？」

指折り数え、スティアーノは顔を青くして苦しそうに息を吐く。

「さ、最低……八人だ」

「八人か。俺は参加してもいいが……残りの六人はどう集めるんだ？」

俺は生憎《あいにく》スティアーノ以外に交友の深い人間がいない。

人を募るのなら彼の持つ広い人脈を辿《たど》るべきだが。

「俺以外に声は掛けたか？」

「声は掛けようと思ってたんだけど、期末試験合格組はちょっと早く夏季休暇に入るから、自国や自領に帰っちゃって誰もいない……」

「詰みだろ……もう普通に補習しとけよ」

「補習は絶対に嫌だ！　どうせ補習講義中居眠りして、再追試であっさり落ちて、そっから夏季休暇中ずっと無限ループする未来しか見えない！」

――その真面目に講義受けない前提の話はやめろ。

だがスティアーノの座学が悲惨であることは一年半付き合ってきてよく分かっている。

攻城戦という逃げ道を使いたくなる気持ちも多少は理解した。

それに苦悩する友人の頼みを無下にするのも後味が悪い。

「……分かった。なんとか残り六人集めてみるか」

「アル……お前やっぱいい奴《やつ》だなぁ！」

感極まったのか彼の瞳はやや潤み、礼拝堂で祈りを捧げるような格好で手を合わせていた。いや、そんなことしてる場合じゃないから。

「親しい友人は校内に残ってない……となれば、攻城戦に参加することに抵抗のない人を適当に見繕うしかないな」

人によるが、今は既に夏季休暇期間。

学生にとって休みというものは、この上ない幸せなひと時である。そんな大事な時間を削って、授業の延長線上に位置する攻城戦に参加したいと思う人間は限られている。

「狙うなら、同じ補習者……」

「つまり？」

「スティアーノと同じ馬鹿を募る」

「言い方悪ッ！　オブラートって言葉知ってるか⁉　仮にも友達を馬鹿呼ばわりは酷くないか⁉」

「スティアーノ、少し静かに。今考えているから」

「馬鹿は黙ってろってか。協力してくれるのは嬉《うれ》しいけど、結構辛辣だなお前……」

不満気に唇を尖《とが》らせるスティアーノを横目に、顎に手を当てて思考を巡らせる。

今回の期末試験において赤点を取った者はそう多くない。

ここに通う者たちは国を背負った優秀者たちばかり、そして赤点取得者は毎回ほぼ決まっている。

「うちのクラスで常習的に赤点を取っているのはスティアーノだけ。なら他クラスを当たるしかないな」

「その一言も地味に心を抉るぞ……」

スティアーノは胸を押さえてヨロヨロと子鹿のように足を震わす。

若干の申し訳なさを感じつつも、協力できそうな人の手掛かりを持つ彼に尋ねる。

「スティアーノ、一緒に補習を受けてる生徒で心当たりは？」

「……ある。隣のクラスに毎テスト赤点の問題児と超巨漢の男がいるはずだ」

彼は生気の抜けた声でそう絞り出す。

問題児と超巨漢。

話を聞いた限りの第一印象はかなり悪いが、スティアーノの補習回避を手助けするなら、文句を言っている場合ではない。

「よし。取《と》り敢《あ》えずはその二人を誘うことにしよう。補習組ってことなら、補習室か教室にいるはずだ」

かくして、スティアーノ補習回避作戦が開始される。

俺とスティアーノ以外に六人も人を集められるだろうか。

普通に不安しかない。

2

スティアーノの言っていた問題児と超巨漢の男はすぐに見つかった。

「アイツらか？」

「ああ間違いない。名前は……ミアとアンブロス」

視線の先には教室内の机に座りながら会話を繰り広げる男女の生徒がいる。

青髪の女性がミア……曰《いわ》く問題児。

がっちりとした体格の男がアンブロス……前評判通り超巨漢だ。

「で、どうする？」

スティアーノは俺の耳元に手を添え囁《ささや》く。

「どうするも何も普通に声を掛けるだけだろ」

「おまっ……知らねぇのか？　あの二人は補習組でも特にヤバいヤツらなんだぞ？」

「いや俺は補習受けたことないから、そんな内輪での情報は持ってない」

「ウグッ……」

一々芝居掛かった態度でショックを表現しているが、事実なのだから仕方がない。

「で、何がヤバいって？」

冷めた声音で尋ねると、彼は真剣な面持ちで呟《つぶや》く。

「……あの二人は補習組の精鋭も精鋭。トップオブ馬鹿だ！」

「お前が言うなよ」

……聞いた俺が馬鹿だった。

「馬鹿なのは補習受けてる時点で大体察しが付く。それで……どうしてお前は声を掛けるのを戸惑ってる？」

「それは……」

単に学力が足りていないだけなら、スティアーノがここまで躊躇《ちゅうちょ》するのは不思議だ。

彼はそれなりにコミュニケーション力も高いし、俺なんかよりも幅広い交友関係を持っている。

「……あの二人と、なんかあったのか」

「――っ」

奥歯を軋《きし》ませる音が聞こえた。

「……言っても笑わないか？」

「内容による」

「じゃあ言わん」

「……いや、言わなきゃ話進まないから」

――ちょっと面倒臭い。もう帰ろうかな？

ただならぬ因縁があるのは、スティアーノの強張《こわば》った表情を見れば明らかだが、理由を話してもらわないと俺も困る。あの二人と彼が相容《あいい》れない関係だったとしても、彼らは貴重な人員には変わりないのだから。

黙って視線を向け続けると、彼は居心地悪そうな顔をしてため息を吐《つ》いた。

「……分かった。言うよ」

諦めたように手を上げ、彼は視線を逸《そ》らしながら呟く。

「ミアとアンブロス。あの二人は実技試験でとんでもない成績を残したヤツらだ。少なくとも、俺はあの二人の凄《すご》さを垣間見《かいまみ》て自信を失ったよ」

「……つまりあの二人の強さに嫉妬したと」

「ああもう。そうだよ！　入学から一度も実技試験で勝ててなかったのが悔しかったんだよ。悪いかぁ!?」

「いや、誰だって敗北を味わえば悔しいという感情は湧いてくる。お前の気持ち分かるよ」

要するに、自分より優れた二人に劣等感を抱いていたと。

対抗心を燃やす相手に助けを求めるのは、確かに心理的ハードルが高いかもしれない。

「スティアーノ。因《ちな》みにだが、実技における二人の成績はどんな感じなんだ?」

尋ねると、苦々しく唇を歪《ゆが》めながら、スティアーノは真面目な声音で語り始める。

「まずはアンブロス。あいつはとにかくパワーがある。筋力関連の項目においては、中等部二年だけでなく、中等部と高等部全部合わせた中で常にトップ!――でも馬鹿だから、総合成績では最上位には食い込んでない」

「……なるほど」

「次にミア。あいつの俊敏さや反射速度はとんでもなく高い。戦いにおける直感も鋭くて、武人として天性の才能が宿っていると感じるくらいだ――でもアイツも馬鹿だ。算術はそこそこ得意みたいだが、それ以外はまるでダメ。本当にダメだ!」

言葉に勢いを感じた。

「……一応言っておくが、お前が言えたことじゃないからな」

「そんくらい知ってるわ! ただの負け惜しみだよ!」

スティアーノは不満気な息を零《こぼ》す。

表情から見て、やはり乗り気ではないようだ。

しかし彼とは対照的に、俺は俄然《がぜん》やる気になっていた。

「……攻城戦をするなら、優れた仲間が必要だ」

「――っ。だ、だよな！　やっぱり他にまともなヤツを誘ッ」

「あの二人なら、いい戦力になりそうだ」

「はっ!?」

――元々多少の期待は寄せていたが、二人は予想以上に優秀そうだ。

「お、おい。アル……別にあの二人じゃなくてもさ」

「いや。あの二人は確定で誘う。攻城戦で勝たなきゃ補習コース確定だろ？　なら尚更《なおさら》あの二人を頼るべきだ」

ミアとアンブロス。あの二人も補習免除という特典を魅力的に思うはず。

協力を取り付けるのは容易《たやす》いだろう。

そしてなにより、壊滅的な座学の穴を実技成績で埋めることができているのが特にいい。

フィルノーツ士官学校は世界各国からエリートが集う。

入学するのも一苦労だが、卒業するのはより大変な学校である。

特に優遇される貴族でないなら、その傾向はより強い。

一般入学した新入生のうち一年以内に全体の四割が退学。中等部から高等部へと進級し、最終的に卒業できるのは入学者全体の三割にも満たない。学内は徹底した実力主義。学校側から資質を認められなければ、卒業資格をあっさり奪われてしまう。ここは名ばかりの士官学校ではなく、正真正銘世界最高峰の教育機関なのだ。

そんな場所において、ほぼ実技試験の成績だけで進級してきた者は、学内にいるその他大勢よりも、遥《はる》かに優れた戦闘力を有していることを意味している。

「スティアーノ」

「……はぁ、分かったよ」

俺たちはミアとアンブロスのいる方へと向かい、

「二人とも、少しいいか。実は大事な相談があって……」

攻城戦への参加要請を行った。

3

「うん。いいよ！」

「うむ。参加しよう」

二人と揉《も》めることなく、攻城戦への参加をあっさり取り付けられた。

「……その。本当にいいのか？」

惚《ほう》け顔のスティアーノをミアは軽く小突く。

「もう～何々？　私たちに断られるとでも思ってたの？　ざんねーん！　私たちも補習

大っ嫌いだから補習免除のためなら、全力で攻城戦頑張ります！　だから二人ともよろしくね～」

「お、おう……」

　彼女は俺やスティアーノに対して気軽いスキンシップをし、恐らく補習課題であろうプリントを全力でゴミ箱に投げ捨てた。

　——いや、攻城戦に参加しても勝たなきゃ補習免除されないのに、迷いなく補習課題捨てるとか……思い切りが良過ぎだろ。

「ほらほらブロ助もプリント捨てちゃいなよ。どうせ補習なくなるだろうしさ」

「ん。ああ」

　ミアに促され、アンブロスもプリントの束をゴミ箱に押し込む。

「……うんわぁ。本当に捨てたよ。しかも一問目すら手付けてないし」

　スティアーノは引き攣《つ》った顔で、無造作に捨てられた二人の課題プリントに視線を向ける。シワだらけになった無惨な紙の束。記入欄はもちろん全てが空白のままだった。

「へへ～勉強なんてしたくないもん！　うちらは腕っぷしをひたすら磨くんだよ！　よーし。絶対勝つど～！」

「うむ！　肉壁役なら俺に任せて欲しい」

「いよっ。歩く無人島ッ！」

「その掛け声は三周くらい回って失礼だろ……いやお前も嬉しそうに胸を張るな」

三人の相性は悪くなさそうだった。

ボケとツッコミを繰り返す三人を眺めながら、残りの人員をどうするかを考える。

「……ひとまずはこれで四人か」

「つーことは残り四人……この調子で他の補習者を仲間に組み入れていけば、簡単に集まりそうだな！」

口元を緩ませ、スティアーノは完全に油断モードへと入っている。

だが人員集めはあくまでも攻城戦への参加条件を満たすために行うこと。

本筋の目的は攻城戦での勝利だ。

ミアとアンブロスの二人に関しては、迷わず仲間に引き入れてよさそうだと思ったが、ここから先はチームバランスも考えながら仲間を集めなければならない。となれば、スティアーノの考える補習者を仲間に引き入れていくのは悪手だ。

「……いや、補習者はこれ以上誘わない」

「え、でも……」

「ああ。補習者は座学がダメな分、実践においての実力がある程度高いことが確定している。仲間に入れれば入れるだけ、攻城戦を有利に進められるはず」

「ならっ！」

「……と錯覚しがちだ」

「「――っ！」」

そう。忘れてはいけない。

補習者は実技において優れていたとしても、勉学においては学内ど底辺であるということを。

「いいか。強者がいくら集まろうと、戦いに勝てるとは限らない。集団同士の戦いは組織力が最も重要だ。前線で戦う兵士と後方から指揮を取る軍師……この両者が噛《か》み合って、初めて組織は機能し始める」

俺は三人を横から順に見回し、

「俺たちは右から、脳筋、脳筋、脳筋、脳筋……つまり頭脳を使える人間はいない」

この場で最も残酷な事実を告げた。

「そ、そうだった……俺らは馬鹿の集まりだ」

「くっ……否定できない。うちらは馬鹿なんだ……ッ！」

「ぐ、ぐぉぉぉぉっ！」

三者はそれぞれ顔を青くし、項垂《うなだ》れる。

「今の俺たちには、攻城戦で勝つため戦略を練ることのできる知恵者が必要だ」

「つまり……今度は勉強のできるやつを集めなきゃダメと？」

「端的に言えばそうだ」

――追加で条件を加えるのなら、騎士科の生徒ではなく、魔術科の生徒がいい。

このメンバーは座学面以外にも、全員が前衛であるという欠点がある。

攻城戦を行うのであれば、優秀な後衛も必要になってくる。

「二人は賢い人に心当たりはないか？」

ミアとアンブロスにそう尋ねると、二人は顔を見合わせ同時に頷《うなず》く。

「あるよ！」

「ある！」

同時に声を張る二人は、嬉々《きき》として拳を握る。

「貴族なんだけど、メッチャいいヤツがいるんだよ！」

「ああ。きっと手を貸してくれるはずだ」

貴族という部分がやや不安要素ではあるが、二人が信頼しているのなら余計な口出しはしないでおこう。

「なら二人はその人に事情を話して、協力を仰いでくれ。俺とスティアーノは別の人を当たる」

視線を交わすと、ミアとアンブロスはすぐに教室の扉を潜《くぐ》り抜ける。

「よし、じゃあ早速行動開始だ～！　行くよブロ助～」

「……では彼と交渉するとしようか」

「あははっ～。交渉とかいらないでしょ。猿轡《さるぐつわ》でも噛ませて縄で巻いて連れてこよ♪」

「なるほど！　時にはそういう強引な策もアリなのか！」

「そそ。どうせあの屋敷にいるだろうし、出てきたところをこう……ガバッとね！　あっ、私は道具用意するから確保役はブロ助やってね～」

「承知した！」

明るい声音で物騒なことを話し合っている。

あの二人に任せて本当に大丈夫か。

貴族相手に下手なことをして訴えられたりしなければいいが……そんな不安をよそに、二人の姿は見えなくなった。変な問題に巻き込まれそうになった時の対策も考えとく必要がありそうだな。

「アル。俺らも新たな仲間を探しに行こうぜ」

「ああ」

スティアーノは俺の手を引きながらも、眉間に皺《しわ》を寄せてため息を吐《つ》く。

「……けど、協力してくれそうな人に心当たりがないんだよなぁ」

「そうか？　俺は心当たりあるが」

「はっ？　誰だよ、それ!?」

「スティアーノも面識があるはずだぞ。魔術科所属で超優等生。おまけに戦闘面も学内で頭一つ抜けた鬼才の持ち主」

以前貴族令嬢に集団で囲まれていたのを助けたことのある女子生徒。

その人の名は――。

「魔術科所属で中等部二年のペトラ＝ファーバン」

優秀な魔術の腕前を持つ平民の少女。

そして誰よりも高いプライドを持ち、馴《な》れ合いを良しとしない典型的な一匹狼《いっぴきおおかみ》タイプの子。

スティアーノも彼女のことを思い出したのか、微妙そうな表情で首を横に振る。

「いやいや。無理だろ。ペトラは絶対に説得できない！」

「どうしてそう思う？」

「補習したくないから助けてくれ……なんて言った日には鼻で笑われて突き放されるに決まってる。なにより下手なこと言って魔術の応酬を喰《く》らうのが怖い……」

——酷《ひど》いトラウマでも植え付けられたのだろうか。

その言葉は真《しん》に迫ったものだった。

だが俺たちには時間がない。

「スティアーノ。攻城戦参加申請はいつまでか知ってるか？」

「……あ、明日の閉校時刻まで」

「そう……時間がないんだ。なら文句を言わずに声だけでも掛けるべきだろう？　俺は関係ないが、お前たち赤点組は補習免除が掛かってるんだから」

「そ、その通りだ……分かった。もう文句は言わない。ペトラを探すよ」

スティアーノが憂慮するのも多少は分かる。

ペトラは一見、誰に対しても手厳しい態度で接するようなイメージだ。

常に優秀な成績を取り続け、自分磨きに余念がない。完全無欠な世代最強魔術師候補と言っても過言ではない。

しかし彼女にだって情というものはある。

かつて俺とスティアーノは、ペトラが魔術科の貴族令嬢たちと対峙《たいじ》している際、多勢に苦戦していた彼女へ加勢をしたことがあった。義理を返せと言うと聞こえは悪くなるが、もしあの時のことを彼女が恩として捉えているのなら、攻城戦の参加を取り付けられる可能性は十分高い。

「早速ペトラを探そうと思うんだが、彼女がどこにいるか俺には見当が付かない」

「魔術科の生徒で貴族じゃないってんなら、学生寮とか学内施設のどこかにいるんじゃないか。それかそもそもフィルノーツから離れてていないか」

フィルノーツにいない可能性は一旦外すとして、

「校内にいる前提で探すなら……」

「食堂？」

馬鹿。夏季休暇中は食堂閉まってるんだよ。

第一ペトラが食堂で友人と和気藹々《わきあいあい》と食事している風景が想像できない。

「ペトラなら物静かな場所にいそうだと思うが」

「物静かか……ああ！　別棟の女子トイレとかな！」

「なんで的外れなことしか思いつかないんだよ……普通は図書館や礼拝堂とかを思い浮か

べるだろ」

「あ、そっか。アル～お前やっぱ天才だな！」

「いや常識の範囲内で考えてるだけだから」

スティアーノの斜め下を行く発想には毎度驚かされてばかりだ。

物静かな場所で連想するのが別棟のトイレって辺りがもうあり得ない。彼が赤点を取ってしまう諸悪の根源は、時折見せる奇想天外な発想のせいなのかもしれない。

「……はぁ。じゃあ図書館と礼拝堂。先にどっちを探す？」

「ん～なら、アルが図書館、俺が礼拝堂を見て回ればいいんじゃないか？　そっちの方が効率的だろうし」

「……なるほど」

——機転は利くんだよな。

スティアーノの思考回路の振れ幅は異常に極端だと思った瞬間だった。

4

窓の外からの外光を受けながら、髪を耳に掛ける仕草がとても印象的だった。

分厚い歴史書に無言で目を滑らせ、彼女は大きなため息を吐く。

「……何か用？」

本を閉じて新緑色の瞳をこちらに向けるのは、図書館の一席で勉強に励むペトラだった。

相変わらず無愛想な態度。

図書館にはチラホラ人がいるものの、彼女の近くに座る者は誰一人としていない。

「……悪い勉強中だったか？」

「ええ。でもいいわ。ちょうど一区切り付いたところだし」

そう言い、彼女は隣の座席を軽く引く。

「……ひとまず座れば」

「ああ。そうする」

久しぶりに会ったペトラは、意外にも対話する姿勢を見せてくれた。

「それで？　私を探してたみたいだけど、どんな用事？」

「詳しく話すと長くなるが」

「手短に言いなさい」

ペン先で机を叩《たた》きながら、彼女は顎に手を当て、唇を尖《とが》らせる。

「……実はペトラに協力して欲しいことがあって」

切り出すと、彼女は驚いたように目を見開いた。

「私に協力して欲しい……？　貴方《あなた》のような人が？」

「ああ。何か変なことを言ったか？」

「べ、別に……！　で、私に何して欲しいって？」

肩を跳ねさせ、彼女は顔を背ける。

何か気に障るようなことを言っただろうか。

彼女の機嫌を損ねないよう、なるべく柔らかい声音を意識して再び口を開く。

「ペトラは攻城戦に興味はあったりするか？」

「攻城戦？……ああ。離れの裏山にあるお屋敷で行う模擬戦闘のことね」

「そうだ」

「うーん。そうねぇ。興味はあるけど、人数集めるのが無理だから参加しようと思ったことは一度もないわ」

「……人数を集められたら、参加しようと思うか？」

「え、そりゃまあ……貴重な実践の機会を得られるっていうのは嬉《うれ》しいし、参加しようと思うだろうけど。ってまさか……！」

ペトラも俺が言いたいことに気が付いたようだ。

「ペトラ。俺と攻城戦に参加してくれないか？」

下手な駆け引きはいらない。彼女に参加しようと思う意思が、ほんの少しでもあるのなら、ここは素直に頼み込むだけだ。

「何人集めたのよ」

「今のところ俺を合わせて四人だな」

「四人？　はぁ……」

あまり良い反応ではない。

彼女は頭を抱えるような仕草をし、そのまま人差し指を突き立てた。

「あのねぇ。攻城戦の参加人数をちゃんと理解しているの？」

「もちろん。最低八人いればいいんだろ」

「ええ。でもたった八人で参加するようなチームが勝った事例はここ十数年の間に一度もない。その意味が分かる？」

攻城戦の参加上限は二十人。

確かに八人で参加したチームが二十人で参加したチームと対戦すれば、不利なのは明らかだ。

「どうせ八人集めれば攻城戦の参加資格を得られる……なんて甘いこと考えていたんでしょうけど、上限人数を揃《そろ》えない限り、参加は出来ても攻城戦で勝ちをもぎ取るのは至難の業よ」

ペトラは長い説明を終えると、胸に手を当てて、息を整えた。

「……悪いけど、負け戦《いくさ》に付き合うほど暇じゃないの。やるんなら他を当たりなさい」

興味の薄れたような瞳が『お断り』の三文字を強く示していた。

しかしここで引くわけにはいかない。

「……なぁペトラ。今もまだ貴族令嬢に目を付けられているんじゃないのか」

「それがどうしたって言うのよ」

「仮に攻城戦で勝利したら、お前の力を恐れて、貴族たちの鬱陶《うっとう》しい接触は間違いなく減ると思う。これはペトラにとってもメリットのある提案だ」

「――っ」

ペトラが仲間に加わらなければ攻城戦での勝利は難しくなる。

逆に言うと、たとえ仲間が八人だろうと彼女が司令塔として機能してくれればより多くの勝ち筋を拾えるようになる。

「……頼むペトラ。お前の力が必要だ」

「そ、そんなお世辞を言っても」

「俺はペトラ以上に魔術を使いこなせる生徒を知らない。頼むこの通りだ！」

深々と頭を下げると、彼女は俺の肩に手を置く。

そして諭すように告げた。

「……攻城戦は学年学部関係なく参加が可能よ。それは私たちより士官学校で数年多く学んできた高等部の生徒も出てくるってこと」

「ああ」

「私たちはまだこの学校に来て一年半。どれだけ才能があっても、積み重ねてきた年月の差は簡単に覆《くつがえ》せないわ。……この話を聞いても、まだ私が魔術師の中で一番優れていると、そう言えるの？」

俺たちはまだ中等部二年。

彼女の言う通り、この士官学校において、俺たちはまだまだ未熟だ。高等部の生徒は体格も良く、戦いにおける練度も高い。それを理解した上で足掻《あが》くというのは、無謀なことなのかもしれない。

——けれど、

「それでも俺はペトラが一番だと思っている。君が協力してくれるのであれば、攻城戦での勝利を約束しよう！　名実ともに、学内最強魔術師の名を轟《とどろ》かせる！」

これまで見てきた魔術師の中で、ペトラが一番優れているというのは俺の中で、紛れもない事実だ。名も知らぬ上級生よりも、彼女の力を信じて戦いに挑む方がよっぽど勝ちに近付ける。

俺は彼女に頭を下げるしかない。

友人の補習を回避させるためにここまで必死になるのも変な話だが、頼みを引き受けたからには全力で取り組みたい。

「……本気なのね」

「本気だ」

ペトラを真剣に見つめると、彼女は諦めたように微笑《ほほえ》んだ。

「あーもう！　仕方ないわね。その話乗った！」

「つまり……」

「攻城戦で勝つわよってこと。私の経歴に泥塗ったら許さないからね！」

「――ああ！　必ず勝つ。ペトラがいてくれれば、負ける気がしない！」

交わされた握手はとても深く、ここから先彼女と学園生活を送ることになる大きなきっかけにもなった。

5

スティアーノからの相談を受けた翌日。

ペトラの説得に成功した俺は、彼女を連れて事前に約束していた集合場所へと向かった。

そこには既にスティアーノ、ミア、アンブロスの三人がいて、

「お、おい……早くこの縄を解けッ！」

「アハハッ！」

手足を縄で拘束された哀れな金髪イケメンの姿もあった。

床の上で暴れる青年を筋骨隆々なアンブロスがしっかりと押さえ付け、ミアがそれを見て大笑い。

――アイツら本当に拉致《らち》してきてないか。

「……何アレ。普通に引くんだけど。怖ッ」

「あの二人が仲間を強引に連れてきたらしい……」

ミアとアンブロスは特に悪びれる様子もなく、俺たちの登場にキラキラした微笑みを浮

かべる。

　そんな二人の狂気じみた対応に、ペトラは心底嫌そうに表情を歪《ゆが》め、こめかみを強く押す。

「待って待って……この人たちが仲間なの。初見で凄《すご》く不安になってきたわ」

「安心しろ。俺も同じ気分だ」

「安心できるか。余計不安になるわよ」

　頭のネジの二、三本どころじゃない量が飛んでいそうな二人の奇行に、流石《さすが》の俺も頭が真っ白になった。

　――仲間にする相手を間違えたか？

　そんな考えが頭を過《よ》ぎるほどに、金髪の青年が浮かべる絶望の表情が印象的だった。

「ああっ！　もーアルっち遅ーい！」

「ミ、ミア……その人は」

「ん？　ああそう！　彼はね。フレーゲル！　マルグノイア子爵家の貴族の人。魔術が使えて剣も使える。その上頭もいいんだよ！」

「なるほど。説明ありがとう」

　――本当に聞きたかったのは、何故《なぜ》彼が縛られているのかという部分なのだが。

　説明を終えたミアは、フレーゲルの方に視線を落とし、

「フレーゲル。もう逃げちゃダメだよ？」

まんま拉致監禁魔のような台詞《せりふ》を口にした。

「ふざけんな！　急に麻袋被《かぶ》せてどういうつもりだよ！」

「えぇ？　だってねぇ？」

「効率を重視した結果だ」

「はぁぁぁぁ!?　この馬鹿共ふざけんなよ！」

「ブロ助。なんかフレーゲル怒ってるね」

「うむ。怒っているな！」

「あぁぁぁぁぁもう！　馬鹿には話も通じないのか!!」

声を荒らげるフレーゲルと違い、ミアとアンブロスは仕方がなかったかのように語り出す。

この二人は価値観が狂ってて怖い。

流石に不憫《ふびん》に思いフレーゲルを取り押さえるアンブロスの肩に手を置き、

「アンブロス。その人を解放してやれ」

彼の解放を頼み込んだ。

するとようやくフレーゲルは縄を解かれ身体《からだ》の自由を許された。

「おいミア、アンブロス！　何が友達だ。俺はお前らの都合のいい道具じゃないんだぞ！」

解き放たれたフレーゲルは、逃げるわけでもなく物怖《ものお》じせず二人に詰め寄る。

「もー屋敷から全然出てこないのが悪いんじゃん！」

「急いでいたのだから仕方のない措置だ」

「倫理観が世紀末過ぎる……せめて友人らしく連れてこいよ。人間不信になりそうだ……」

意外にも、彼はそれ以上の文句を二人にぶつけなかった。

縄で縛られ、無理やり学校に連れてこられたのに、偉く寛容な態度だ。

「で、俺をここに拉致った理由は？」

――しかも、肝心の部分を話してないのかよ。

「実は攻城戦に参加して欲しいんだ。頼む。俺らを救ってくれ」

深刻そうな顔でフレーゲルに頭を下げたのは、他でもないスティアーノだ。

「救うって……」

「いきなりで意味が分からないわね。何故そこまで切羽詰まっているの？」

フレーゲルに続き、本来の事情を知らないペトラも腕組みをしながら彼の前に歩み出る。

「アルディア。アンタ私に何か隠してるわね？」

どうやら彼女は相当勘が鋭いらしい。

「隠してたというか」

「言わなかっただけとでも？」

「まあ……」

――友達の補習を攻城戦勝利時の加点で回避させてあげたいから、君の力を貸してくれ。

なんて言ったら絶対承諾してくれなかったし。

まあ、この場でバレるんだけど。

その後スティアーノの口によって、俺たちが攻城戦に参加する理由が明かされた。

巻き込まれた秀才二人は当然、そんな馬鹿げた理由を冷めた面持ちで聞いており、

「はぁ……まさか補習者の我儘《わがまま》に付き合うことになるとは、本当にうんざりだわ」

「ミアとアンブロスのことだ。そんなんだろうと思ってた……」

ペトラとフレーゲルは呆《あき》れたような視線を補習者三人に向け、

「「はぁ……」」

盛大なため息を吐《つ》くのだった。

6

攻城戦参加メンバーが決まった。

俺、スティアーノ、ペトラ、ミア、アンブロス、フレーゲル。

攻城戦へ参加するにはあと二人足りないと思うが、そこはなんとかなった。

「残り二人は私の後輩を連れてくるわ。あの子たちならどうせ暇だろうし……」

そんなペトラの一言で、参加下限人数の八人が揃う。

攻城戦参加申請書にスティアーノが八人の名前を書き記し、参加締切前にその用紙を職

員室に提出することができた。

　あとは本番を待つのみだ。


「……なぁアル。本当に俺ら勝てんのか？」

　夕暮れ時の帰路で、横を歩くスティアーノは不安そうに尋ねてくる。

　攻城戦への参加申請を行った際、同時に対戦カードが決まったことが原因だろう。

「今更何怯《おび》えてんだよ。安心しろ。勝たなきゃ補習組が勉強するだけだから」

「酷《ひど》いッ！　他人事《ひとごと》だと思ってるな⁉」

「他人事だからな」

「反論の余地もない……」

　心なしか足取りは重そうだ。

「あーもう。女々《めめ》しい男ね！　参加するって決まったんだからシャンとなさい！」

　そんな彼の背を学生鞄《かばん》で強く叩《たた》くのは、何故か俺たちと帰路につくペトラだった。

「で、でもさ……」

「相手が格上だなんて最初から分かりきってたことよ。少なくとも私はね」

　最初こそ渋っていたペトラだが、今は腹を括《くく》ったのか、スティアーノよりも前向きな表情だ。彼女は手元にある対戦相手の名簿が書かれている紙に目を通す。

「対戦相手はラクエル・ノヴァ率いる共和国チーム。リーダーのラクエル・ノヴァはまだ中等部二年だけど、ロシェルド共和国の次期評議会議長と称される才女よ。そして参加メンバーの多くは優秀な成績を残した高等部の二、三年で形成されていて、上限二十人をきっちり揃《そろ》えている。相手にとって不足なしってところね」

「聞けば聞くほど勝ち目が薄そうだな……」

「ええ。こっちはたった八人で中等部一、二年だけのチーム。攻城戦で私たちが勝つなんて誰も思っていないわ」

『私たち以外はね』と最後に付け加え、彼女は俺の方をジッと見つめてくる。

「……勝つ算段はあるんでしょう？」

期待を込めた眼差《まなざ》し。

ここで首を横に振るほど、空気の読めない人間ではない。

「ああ。攻城戦のルールは頭に入れた。決戦場所と仲間の特性をしっかりと活《い》かせれば、理論上勝利は可能だ」

「ひゅー。頼もしいな」

「まっ。もし負けたら一生もののトラウマ植え付けるけどね」

「お前やっぱ怖えよ……なぁアル。俺らのチームに過激派交じってるけど、大丈夫なのか？」

「勝てば問題ない」

「結果論ここに極まれりだな……頼むぞマジで」

ここまで来た以上、勝つ以外の選択肢はない。

経験も知識も浅い俺たちだが、一人一人の実力は十分に高い。

相手がいくら強くても、戦略次第で勝ち筋はいくらでも作り出せる。

「魔術の天才であるペトラ。そして騎士科の実地猛者《もさ》たちが最大限の力を発揮できれば、数的不利だろうと余裕を持って勝てる」

「腕が鳴るわね」

「よし。補習したくねぇし。絶対勝つぞ！」

「動機が不純なこと以外はいい気概よね、アンタ」

「ああ。やる気だけは一人前だからな！」

「スティアーノ、それ多分褒められてないぞ」

「えぇ!?　そんな馬鹿な！」

「はいはい。馬鹿は攻城戦に向けて戦術関連の勉強でもしてなさい。ポカして一番困るのは、補習組のアンタらなんだからね」

「いやマジで貶《けな》されてた!?　アル～こいつなんか俺にだけ当たり強いぞ」

「はは……」

ペトラの口撃は止まらないが、それでもどこか楽しそうな雰囲気で、二人のやる気は俺にも十分伝わってきた。

ミアとアンブロスも問題ないとして、懸念すべき点があるとすれば、無理やり参加させられたフレーゲルと……ペトラの後輩とされる魔術科一年の二人だろう。

フレーゲルはミアとアンブロスの友人であり、魔術と剣術の両方をそこそこなせる司令塔タイプという感じだった。

それに対して、ペトラの後輩に関しては名前以外の情報が全くない。

「なぁペトラ」

「ん？」

「聞いていなかったが、攻城戦に参加してくれる後輩の二人」

「アディとトレディアのこと？」

「そう。どうしてその二人を参加させようと思ったんだ？」

敗北という二文字は彼女の辞書にない。

勝つために最善を尽くす彼女が、入学して間もない後輩をメンバーに組み入れたのにはきっと深い理由があるはずなのだ。

「理由ね。そんなの簡単なことよ」

透き通るような艶《つや》やかな金髪を揺らし、彼女は嘯《うそぶ》く。

「だって後輩なら、私の好きなように動かせるじゃないの！」

「「……はい？」」

俺とスティアーノの啞然《あぜん》とした声は綺麗《きれい》にハモる。

深い理由があると思ったのに、彼女の口から飛び出したのは至極自分本位な理由だ。

「そ、それが後輩二人を参加メンバーに加えた真の理由なのか？」

「ええそうよ。だって上の学年の人間が入ったら、絶対にソイツが仕切ろうとするじゃない。私、誰かに命令されたり、うるさく言われるのが嫌いなのよね。その点後輩なら、馬車馬の如《ごと》く扱《こ》き使えるし便利だと思ったの」

スティアーノは真顔で彼女を見つめ、

「……お前を目の敵《かたき》にしてるヤツが多い理由、なんとなく分かった気がするわ」

失礼極まりない正論を告げるのだった。

7

「魔術科中等部一年のアディです」

「お、同じく……魔術科中等部一年のトレディア、です」

攻城戦参加メンバーの顔合わせが行われた。

初対面のアディとトレディアはペトラの横に立ち、深々とお辞儀をする。

ペトラと違って、二人は大人しそうな印象だ。

「アディは頭が良くて、魔術の腕も中々いい。トレディアは魔道具に対する知見が深いわ。どう？　アルディアから見て二人は使えそうかしら？」

まるで自身の持つ備品であるかのような語り口だ。

しかし彼女が誇らしげに紹介するだけあって、喉から手が出るほど求めていたスペックの二人だ。

「ああ。ちょうど欲しかった人材だ」

アディとトレディアの二人はうちのチームに足りていなかった後衛を担うことができる。

加えてトレディアが魔道具に詳しいとなれば、戦略の幅は一気に広がる。

「よし取《と》り敢《あ》えずこの八人で攻城戦を戦うってことだな！」

「なんかやる気湧いてきた！」

「うむ！」

スティアーノ、ミア、アンブロスの補習組は嬉々《きき》として表情を緩ませる。

対して人一倍暗い表情を浮かべていたのは、思案顔のフレーゲルだった。

「……はぁ」

「あれ。フレーゲルどしたの？　元気ないじゃん」

「いや逆になんで盛り上がれるんだよ。相手はラクエル・ノヴァが集めた共和国の精鋭だぞ。攻城戦猛者常連チームで、俺らみたいな急造チームが太刀打ちできる相手じゃない」

「なぁに～もしかしてビビっちゃってる？」

「ああ。みっともなく負ける未来しか見えないな」

明るいミアの声音にも釣られず、フレーゲルの表情は曇ったまま。

対戦相手の名簿と攻城戦の舞台である屋敷の図面を眺めながら、彼は額に手を置く。

「……制限時間が十五分なのも絶妙だな」

独り言を呟《つぶや》きながら、彼は考える仕草を取り続ける。

八人の中で攻城戦の戦い方に最も詳しかったのはフレーゲルだ。

そしてその彼が、全ての要素を鑑みて相当厳しい戦いだと判断した。

「……かなり厳しいか？」

聞くとフレーゲルは軽く頷《うなず》く。

「ああ。勝ち筋はあまり見えないな。唯一の救いは攻城戦の勝利条件が殲滅《せんめつ》じゃなくて、士官討伐ってところくらいか。一《いち》か八《ばち》かの賭けができる分、勝率はゼロじゃない」

屋敷の図面を眺めると、三階建ての広々とした洋館だということが分かる。

「……それに勝つなら攻めじゃなくて、守りの方がいいな」

「でも部屋数多くね？」

「屋敷全体を守るのは人数的に不可能だ。だが、要所の進行さえ抑えられれば、時間切れで防衛側の勝利にできる。攻めは数が多くても難しいんだよ」

フレーゲルの考えを自分なりに整理しつつ、各々《おのおの》の顔を見回す。

前衛は俺、スティアーノ、ミア、アンブロスの四人。

護衛対象の士官役はその他四人の中から選ぶべきだろうな。

後方支援が得意で、敵に詰められた場合でもしぶとく戦い抜ける。

そうなると、

「……リーダー枠はペトラが適任か」

各所に正確な指示を通せて、誰よりも責任感が強く、魔術以外にも戦いの素養があるのはペトラしかいない。

「ペトラ。今回の攻城戦におけるリーダーを頼みたい」

「あら。よく分かっているじゃない。私をリーダーに選ぶなんて、見る目があるわね」

薄い胸を張りながら、ペトラはドヤ顔で瞠目《どうもく》する。

そんな彼女を見て、ミアとスティアーノは顔を見合わせ、

「ねぇねぇスティアーノ」

「ん？」

「なんかペトラちゃんってさ、めっちゃ自信過剰だよね」

「いや超分かる！　そこが唯一の欠点っぽいよな」

コソコソと馬鹿な話を繰り広げていた。

いや、二人とも声大きいし。ペトラに丸聞こえだから。

「アンタたち……どうやら命が惜しくないようね。リーダーは私よ？」

「「うげっ!?」」

「今度生意気なこと言ったら、その足りない頭を魔術で氷漬けにしてやるから」

「「す、すみませんでしたぁ！」」

……謝るなら最初から余計なこと言わなきゃいいのに。

8

その後、攻城戦に関しての詳細な作戦会議が行われた。

ミアを中心に迎撃をメインとした陣形。人数差を補うために、トレディアが罠《わな》系統の魔道具を大量に用意し、魔術科の生徒主体で屋敷の防衛指揮を行う。

騎士科の生徒は皆、身体能力が飛び抜けて高いため、狭く守る魔術科とは対照的に、屋敷内を広く移動できるような配置に落ち着いた。

「えっと話をまとめると。アルっちが三階で屋上からの侵入警戒と下層の進行を音で判断して全体に知らせる。私とブロ助以外の人員は二階に布陣してペトラちゃんを守りつつ、敵戦力を削《そ》ぐ。最後に残った私とブロ助が上の階を警戒している敵の目を欺《あざむ》いて、地下から奇襲をかけて相手リーダーを討ち取る。……こんな感じで合ってる？」

「ああ。細かい動きに関しては、後で確認して合わせの練習をしよう」

「おっけ～！」

まともに戦っても勝てないのは明白。

この作戦は地下で息を潜めて奇襲をかけるミアとアンブロスの奮闘に掛かっている。

「ブロ助～今の説明理解できた？」

「……ああ！　つまり敵を倒せばいいんだな！」

「極論そうだね～♪」

……アンブロスの大雑把な答えを聞いて少し心配になってきた。

今回の攻城戦は、ミス一つで簡単に負けてしまうものだ。

「はぁ。ミアとアンブロスの指導は俺がなんとかする。二人ともこっち来い」

「ああ！」

「はーい！」

フレーゲルは面倒そうな面持ちで、二人の背を押し、動きの確認へと向かう。

そんな三人を見送ってから、俺はペトラと視線を交差させる。

「じゃあ私も後輩二人に魔術師の戦い方をレクチャーしとくわ。完璧な動きを叩《たた》き込むのは難しいと思うけれど、やらないよりはマシなはずだし」

「分かった。なら俺はスティアーノに防衛の手順をいくつか教えておく」

俺とペトラも本番に備え、それぞれ指導すべき者を連れて、その場を離れた。

9

「なあアル」

「ん？」

「ありがとな」

教本を取りに図書館に向かう途中、スティアーノは感慨深げにそう言った。

さ」

「いや。アルがいなかったら攻城戦の人集めもまともにできなかっただろうなと思って
「急にどうした?」

「まあ。お前が人を集めてたら全員補習者の無秩序な集団になってただろうな」

「サラッと辛辣なこと言うなぁ……全部事実だけどさ」

スティアーノの補習回避を手助けする形で始めようとした攻城戦。

今になって思うと、ここまで大変な過程を辿《たど》るとは夢にも思わなかった。

「人集めも大事《おおごと》だったが、勝たなきゃ意味がないからな」

「ほんとそれな! 補習免除が攻城戦に勝利した場合だけとか、この学校は迷える子羊に厳し過ぎるぜ」

「……その迷える子羊が真面目に勉強しようと考えを改めれば、こんな面倒なことしなくて済んだんだが?」

「……そこは見なかったことにしてくれ」

両手を合わせて、スティアーノは片目を瞑《つぶ》る。

「はぁ。次からは補習にならないように勉強しろよ」

「検討に検討を重ねて、前向きに検討します」

「……それ検討で終わるやつだろ」

——友達だからって甘やかし過ぎるのも良くないな。

　スティアーノが士官学校をちゃんと卒業できるか凄《すご》く心配だ。

　友人の未来を憂いつつも、俺は図書館から必要となる教本を数冊借り、そのまま空き教室へと向かう。そして、

「さてスティアーノ――勉強の時間だ」

　彼の最も嫌いな座学の特別授業の開始を宣言した。

「え、なんで？　俺は補習したくなくて攻城戦参加を決意したのに……」

「攻城戦は騎士同士の一騎打ちとは違うんだ。多人数戦となれば、当然それに見合った戦い方を覚えなきゃだろ？」

　教本を手に持ち、一歩、また一歩とスティアーノのもとへと詰め寄る。

　彼は真っ青な顔で床に座り込み、まるで命乞いをするように手をこちらへ突き出した。

「や、やめてくれ……なぁアル？　俺ら友達だろ？」

「ああ。大事な友達だ」

「な、なら勉強はちょっと」

　往生際が悪いな。最初に攻城戦へ誘ってきたのはスティアーノの方だ。

　今更逃げようだなんて、そうは問屋が卸さない。

「スティアーノ。悪く思うな。これも全て攻城戦に勝ちたいというお前の気持ちを尊重した結果だ。さあ始めるぞ」

「ぎゃ……」

「ぎゃ？」

「ぎゃぁぁぁぁぁぁぁぁぁ〜!!」

夏季休暇期間の士官学校内で、近隣市街地に聞こえるほど大きな悲鳴が上がる。

「あっ、こら逃げるな！」

「ああもう！　これじゃあ補習免除の意味ねぇじゃんかぁ！」

「仕方ないだろ。知識ゼロじゃまともに戦えないんだから」

「そうだとしても、この教材の量はシャレにならないって！　マジで嫌だぁ!!」

──なおこの後、スティアーノは日が暮れるまでノートにペンを走らせることになった。

あらゆる戦術知識を頭に詰め込んだ後のスティアーノは、終始虚《うつ》ろな瞳をしていたが、これも攻城戦に必要な犠牲だったということで、目を瞑ってもらった。


馬鹿げた士官学校での些細《ささい》な一件。

しかし攻城戦参加がきっかけとなり、俺たちのグループは形成されていくことになった。

攻城戦本番に向けて、八人全員が結束し、その過程で多くの友情が築かれる。

彼らとの出会いは俺の学校生活を綺麗《きれい》に彩る大切なものだった。

──そして今回俺たちが行う攻城戦は、後に『フィルノーツ士官学校史上最大の下剋《げこく》上《じょう》試合』として、校内で語り継がれることになるのだが、それはまた別の話だ。

あとがき

皆さんお久しぶりです。相模優斗《さがみゆうと》です。

この度は『隠れ最強騎士』二巻の刊行をさせていただくこととなりました。

これも全て応援していただいた読者の皆様のおかげです。ありがとうございます！

『隠れ最強騎士』二巻はｗｅｂ版の内容に大幅な加筆をしたものとなっております。私自身あまりプロットを作り込まないタイプの人間なので、二巻の内容には相当悩みました。

原稿制作の途中ではｗｅｂ版にない内容を盛り過ぎた結果、「やばい。期日までに間に合うかコレ……」「ページ数の調整がうまくいかない……」などとなって、頭を抱える場面も多々ありましたが、担当編集さんからの手厚いサポートもあり、なんとか二巻を書き上げることができました。

シリーズとして初めて続刊したのが『隠れ最強騎士』なのでこれからも長く物語を続けられるように頑張ってまいります！　今後とも応援よろしくお願い致します。

あ、それから！　８月はまだまだ暑い日が続くので皆さまご自愛ください。家にエアコン付いてないと死にそうになるので、本当にお気を付けくださいね!?

相模優斗

作品のご感想、
ファンレターをお待ちしています

あて先

〒141-0031
東京都品川区西五反田 8-1-5 五反田光和ビル4階
ライトノベル編集部
「相模優斗」先生係／「GreeN」先生係

反逆者として王国で処刑された
隠れ最強騎士 2
蘇った真の実力者は帝国ルートで英雄となる

発　行　2023年8月25日　初版第一刷発行

著　者　相模優斗
発行者　永田勝治
発行所　株式会社オーバーラップ
〒141-0031　東京都品川区西五反田 8-1-5
校正・DTP　株式会社鷗来堂
印刷・製本　大日本印刷株式会社

Printed in Japan　ISBN 978-4-8240-0552-6 C0193

オーバーラップ　カスタマーサポート
電話：03-6219-0850／受付時間 10:00～18:00（土日祝日をのぞく）

第11回 オーバーラップ文庫大賞
原稿募集中!
イラスト：じゃいあん
【締め切り】
第1ターン 2023年6月末日
第2ターン 2023年12月末日
各ターンの締め切り後4ヶ月以内に佳作を発表。通期で佳作に選出された作品の中から、「大賞」、「金賞」、「銀賞」を選出します。
その物語は、
きっと誰かが
好きな物語。
【賞金】
大賞…300万円
（3巻刊行確約+コミカライズ確約）
金賞……100万円
（3巻刊行確約）
銀賞……30万円
（2巻刊行確約）
佳作……10万円
投稿はオンラインで! 結果も評価シートもサイトをチェック!
https://over-lap.co.jp/bunko/award/
〈オーバーラップ文庫大賞オンライン〉
※最新情報および応募詳細については上記サイトをご覧ください。
※紙での応募受付は行っておりません。